濱村渚的計算筆記

浜村渚の計算ノート

青柳碧人
AOYAGI AITO
林依俐—譯

插畫　桐野壱

log10.

『阻止殺人著色畫』

√1 數學少女登場

目睹那女孩第一次被帶進設在警視廳內部的「黑色三角板．特別對策本部」之時，我還以為自己眼花了。

由於事先就聽聞來者是個「超擅長數學的少女」，使得她在我想像之中應是個頭髮自然捲、戴著圓框眼鏡，總會把頭壓得低低的，看來完全像是典型優等生的女孩。

結果呢？

女孩頂著光澤閃耀的俏麗短髮，在自然分為兩邊的瀏海右側，別了個粉紅色的髮夾。要說臉龐有型，其實較為圓潤，雙眼皮下的水汪汪的大眼，上頭微垂長長睫毛則略顯她的不安。雖然現在的她個子小小，長相也還未脫稚氣，但相信再過幾年必定能迷倒眾生吧！說是個美少女候補也不為過。

隸屬於千葉縣警，名為木下的女刑警輕聲向同仁們介紹起女孩的來歷。

這名身穿西裝外套風制服的國中生也面向我們微微點頭致意。

與女孩初次見面的對策本部每個同仁都和我一樣，內心困惑不安。

——這樣的小孩子會是「救世主」嗎？

「我是對策本部長竹內，還請多多指教。」

看來就連本部長也同樣困惑不安。

「啊。請多多指教。」

就在女孩對著本部長彎腰行禮之時，我們才首度聽見她的聲音。聽起來很緊張。

想想也是理所當然。區區一位國中生，卻被帶到警視廳——而且是被帶進了現今最讓輿論譁然，震驚社會之「黑色三角板事件」的對策本部。

「喂，武藤。來一下……」

正當我看著女孩看得入迷時，竹內本部長卻來扯我的袖子，並將我拉到辦公室的一角。

「有什麼事嗎？」

「武藤，你相信那女孩會有足以對抗黑色三角板的實力嗎？」
「嗯……該怎麼說呢？」
「我可不信。縱使說她數學再怎麼好，不就還是個小朋友嗎？」
這還真難回答。
要說與本部長有同感，的確也是有同感。但我又覺得，比起打從學生時代以來便對數學一籌莫展，而且已經有好幾年都沒碰過像樣數學的我們，正牌國中生的數學能力應該是高得多。
「喂喂，這是在開玩笑吧？居然要拜託這種小女孩來幫忙！」
就在此時，瀨島直樹口出這聽來充滿輕蔑的嘲笑，使得本部長就像是想回應贊同者的出現般，轉頭往瀨島方向望去。
「不是開玩笑，我是認真的。我代表千葉縣警推薦她參與搜查。」
看來木下完全不打算退讓，她臉上那副黑邊細框眼鏡的鏡片，反射著室內的螢光燈而發亮。而瀨島也絲毫不改其色，只冷冷哼笑一聲。雖說跟數學沒什麼關係，用手把玩著他那頭自然捲的瀨島臉上，總滿溢著身為留洋歸國菁英的自信傲氣。

濱村渚或許是有些在意瀨島瞧不起她的態度，不安地抬頭看著木下。

「喂，瀨島。你就用那個跟她比試一下吧！」

本部長從背後推了瀨島一把。

「什麼那個？」

「你不是常在玩嗎？填數字的那個。」

「哦，您是說Number Place嗎？」

瀨島的神情更顯高傲。

Number Place就是「數獨」，是在隨便一本益智遊戲雜誌裡都能見到的數字遊戲。九行九列構成的八十一宮格被用粗線框出九個九宮格，玩家必須根據預先被填上的數字，依照「每行」、「每列」、「每個九宮格」裡的數字都不得重複的規則，將所有的空格用數字1到9填滿。自從被分派到這個對策本部來之後，瀨島每天都在解數獨。或許他覺得是種特訓吧！菁英分子的行為真是惹人厭。

馬上有人從手邊市售雜誌裡找出數獨專欄，準備好兩份一模一樣的題目拿到兩人面前。那是複印自「上級篇」裡的一道數獨題目，幾乎所有的格子都是空白的，誰先將所有空格填滿就算誰獲勝。

「那麼就開始吧！」

不知不覺間竹內本部長竟興致勃勃地主持起來，瀨島和木下也都顯得情緒高漲，只有國中女生本人獨自坐在椅子上，默默注視著放在面前的題目。然而她也沒有因此顯得困擾，整個景象讓我覺得莫名不可思議。

國難當前，分秒必爭，老實說現在真的不是計較誰比較會解數獨的時候……。

「預備——開始作答！」

本部長一下令，瀨島就拿起筆開始往看出解答的空格裡填入數字。8、9、9、4……畢竟原本頭腦就好，加上每天特訓有所成，瀨島解起題來十分順手。

反觀濱村渚，剛才她慢條斯理地抽出插在制服外套胸前口袋的粉紅色自動筆，現在還正將其握在手中，一下一下地按出鉛筆芯。話說，濱村渚按筆芯的方式還相當特別，是先連續按出稍長的筆芯之後，再把筆芯尖端頂在平放的紙張上推壓，讓筆芯縮回到適當長度。

就在瀨島順利將數字陸續填入空格的同時，坐在他身旁的濱村渚只是抿著嘴，從長長睫毛下的雙眸深處凝視著眼前的八十一宮格，宛如銅像般靜止不動。右手緊握著粉紅色自動筆，左手輕觸著左側的瀏海。

就這樣定格不動過了一分鐘。

無止境的靜止。等了又等，濱村渚仍然連一個數字都沒寫下……看來她似乎是毫無頭緒。

瀨島瞄過女孩一眼，笑了。

「對你來說，上級篇果然還是太難了吧？」

瀨島聲音顯得游刃有餘。就算是多擅長數學，濱村渚終究是個普通的國中生，要用「救世主」來稱呼是太誇張其辭了——我那時是也這麼想。

千葉縣警木下面露焦急之色，但濱村渚似乎完全不介意，依舊雙眼直直注視著八十一宮格，活像是被迷住一般。

看著她那樣子，沒多久我便感到有些不寒而慄。真的不要緊嗎？說來那女孩懂得數獨的遊戲規則嗎？該不會根本不知道要幹嘛吧？

「濱村同學？」

就在木下按捺不住性子開口的那瞬間。

女孩手上的自動筆輕快地動了起來，在左上角的第一個空格裡寫上了「6」。

她微微張開了一直緊閉著的雙唇，看起來有點像是在笑著。

接著，她就這樣由左到右，依序給空著的格子一一填上數字。

Σ

高木源一郎……這就是目前震撼日本全國的恐怖組織首領「畢達哥拉斯博士」的本名。

高木是足以代表日本的數學家，在教育界也頗享盛名。這樣的他，之所以會被視為戰後最惡劣的恐怖份子，則是有一番來由。

一切事件的起頭，是源自某位心理學權威所發表的一篇論文，論文裡將義務教育的教學內容與少年犯罪急速增加的理由互相連結，而文部科學省便參考這篇論文，針對中小學教育所有科目做了徹底的革新。

做為新版課程內容主軸導入的，是「提昇心智的科目」——為了培養能尊敬他人、憐憫弱者、熱愛藝術、鍛鍊身體或磨練精神的心智，品德、閱讀、音樂、繪畫、工藝、書法、園藝、烹飪、攝影藝術及戲劇等等的科目比重被大幅增加。

有增加，必然就有減少。過去被稱為「死讀書」的科目，便因此陸續遭到刪減。由於尚有要強化青少年身為社會成員的意識，「社會」之中還有公民課程得以擴大教學比重，但地理課就被刪減到只需要學習居住地周圍即可，歷史課則是用「史料不清」為由，把鎌倉時代之前的歷史都直接砍掉。

然而比起文科，理科教學內容被刪掉更多。理由是「將事物數值化，只重視數理、物理現象等事實的課程，是對於尊重人心與憐憫他人等人性的否定」。結果數學與理化兩個科目都被刪到每週僅剩一節課，而且還指定只能放在常常因為補假而不用上課的週一。課綱也隨之遭到調整，內容空洞到幾乎已經不能被稱為「科目」。

當然，參與教育革新會議的理科老師無不強烈反對新版課程，但是卻無法動搖文部科學省的方針。對於政府而言，教育的目的已然是「撲滅少年犯罪」，並認定在達成目的的過程之中，理科課程是毫無幫助的。

正當全國開始施行新版的學習課綱即將滿一年之際，那則「數學恐怖活動聲明」就出現在免費影片分享網站「Zeta Tube」了。

影片開頭先是秀出由兩片三角板為意象設計的黑色標誌，稍後則切換至一名看似年約五十的男子影像。而這名摻雜著蒼白又略顯稀疏的頭髮往後梳得整整齊齊，戴著與其年齡極不搭調的太空墨鏡又身披白袍的男子，就是畢達哥拉斯博士——也就是高木源一郎。

「我要求政府，應立即提高數學在義務教育裡的地位。為達成此目的，我將挾持全體日本國民作為人質。」

在這樣的宣言之後，高木用他戴著黑色皮手套的手，拿起一張光碟片朝著攝影機方向展示。

「你們都知道這個吧？這是我親自參與製作的數學教學軟體。」

近二十年來，日本全國所有公私立高中，全是採用高木所製作的電腦軟體作為官方教材，進行數學教育。更廣義而言，日本所有的高中生，都曾經被高木教過數學。

「我悄悄在這套軟體裡，用程式埋入了某種特殊訊號。只要是曾在日本國內高中上過課的人，全都已經透過這套軟體接收了我所埋入的訊號。你們可以把那些訊號，想作是一種事先催眠。」

竟然有這種事……高木居然透過高中教育，向全體日本國民實施了事先催眠，施加暗示。

「我可以透過那些訊號，直接控制你們的大腦。也就是說只要我下道命令，每一個日本國民都可能……」

他抿嘴獰笑。

「會成為殺人犯呢。」

那是理科人所展現的瘋狂，隔著網路讓所有人都感到恐懼的瞬間。

「請你們安心。我的目的並不是要讓這個國家陷入混亂，而是想要你們再重新思考一次數學的價值。我將給政府一個月的緩衝時間，還請再度讓這個國家的孩子們——開心學數學。」

影片到這就沒了。

政府的對應非常迅速。但是，他們並沒有接受恐怖分子的要求。

首先是高木所製作的數學教育軟體。無論軟體版本新舊全都被回收銷毀，而他的著作也從日本各地被全數回收。這場由政府所主導的排斥數學運動，與影片裡高木於墨鏡下露出的邪惡表情交相加成，「數學是培養出殺人魔的學問」之印象，讓數學從學校教育中完全消失了。說來諷刺，這結果恰好與高木所期背道而馳。

警視廳也因應此般事態，設立了「黑色三角板・特別對策本部」並召集搜查人員參與，不過這個對策本部，才剛設立就遇上了些問題。由於要加入對策本部的首要條件是「沒有用過高木製作的教學軟體」，可是因為全日本的高中最晚也從二十年前便已採用那套軟體進行教學，結果造成這個對策本部只能採用三十九歲以上警官的窘況。縱使年齡符合條件，上面還會再針對是否真的從未接觸過軟體做深入調查——結果明明是要來對抗數學恐怖活動，卻召集到一群數學白痴。

就在放眼望去盡是中年人的對策本部裡，有三個二十幾歲的例外。瀨島直樹就是其中之一，他在高中畢業以前都在美國生活，所以從未見過高木的教學軟體。另一個是大山梓，她是在一座名為龜鳴島的沖繩縣離島出生長大，雖然令人難以置信，但二十年來那島上都沒人想過要用高木的軟體來教數學，而大山本人也是在事件發生之後，才首次得知那軟體的存在。

至於剩下的一個人就是我，武藤龍之介。關於我……算了，說來話長，還是別在這談了吧。但我敢發誓，絕對沒有碰過那套高木製作的教學軟體，也因此才會被招攬進入對策本部。總之，包括我們三人在內的對策本部在設立之後，很快開始運作。

雖然對策本部花了相當多的時間想要找到高木的藏身之處，但至今仍然完全掌握不了高木與他在大學任教時教過的學生（高木指導的專題研究小組成員們）等人的行蹤。儘管整個社會風氣變得比之前更加輕視數學，但高木等人就像是絲毫不在乎這種風氣一般，徹底消聲匿跡。在那次數學恐怖活動聲明之後，再也沒有出現在網路上。

於是乎，就在人們都以為已經安穩無事度過了緩衝期一個月時的某天，第一個事件發生了。

在長野縣茅倉市，某棟公寓房裡發現了一具遭到絞殺的屍體。被害人是住在那房間的明石浩二，今年三十二歲的上班族。

長野縣警方一開始以為這只是一般的命案，可是卻有一處與其他的命案不同。一張遺留在現場的卡片上頭——印著由兩片三角板為意象設計的恐怖組織標誌。

Σ

濱村渚用數字填滿所有的空格之後，便將手上粉紅色的自動筆抵在紙上讓筆芯縮回去，然後順手把自動筆插回胸前口袋，接著探頭看著本部長。

「我想……這應該是正確答案……」她對著本部長小聲地說。

「怎麼可能！」

此時焦急出聲起立抗議的，當然就是瀨島。他眼前的數獨方陣裡還大多是空格，正因為掉進用正攻法解題時必定會遇上的邏輯陷阱，陷入苦思。

瀨島仔細盯著濱村的解答猛瞧，回頭再與自己解一半的數字比對，之後承認敗北，頹喪無力地垂下頭來。

「她是……怎麼辦到的啊？」

竹內本部長詫異地喃喃說道。我也有同感。

因為她的解法實在是太違背數獨解題的常識了。數獨解題照理說必須先檢視同一行列或宮格裡的數字配置，找出馬上可以得到的解，再去推測相鄰的空格填寫，不然遲早會卡在兩相矛盾的數字間，絕對解不開的。

然而濱村渚卻直接從左上到右下，一瞬也沒停頓地把數字填進了所有空格。從寫下最左上角的「6」到寫出最右下的「4」，甚至沒有花上三十秒，就好像是預先就背好答案的解法。

只能推斷她是先在腦中將所有空格填滿，再一口氣寫出來的了。的確是奇蹟似的能力。

「這就是她的實力。」

只有千葉縣警木下一人，心滿意足般地笑容堆滿面。

不知不覺之間，對策本部的中年警官們也為了一窺這難得一見的對決而聚集到我們身邊。看到總是盛氣凌人的瀨島吃下敗仗，還有人忍不住露出了愉快的表情。被一大群大人包圍的濱村渚，頭壓得低低看似有點過意不去。

那時，應該就是所有人都能認同眼前的國中生，將會成為這個數學白痴集團優秀戰力的決定性瞬間吧。

砰咚一聲，有個女人慌張地闖進辦公室來。

是大山梓。

「安安！我遲到了！」

南國出生的大山擁有的時間感顯然和我們不同，她是個遲到慣犯。不用說，她本人對此毫無自覺。

邊說邊取下 iPod 耳塞式耳機的大山那大剌剌的態度，使對策本部的上司們個個一臉錯愕。

「那，人家刷牙去囉！」

大山把手上的包包往辦公室角落隨手一扔，然後又走出了辦公室。

√4　被害人的共同點

就在明石浩二遭到殺害那天的夜晚，畢達哥拉斯博士又再度現身於世人面前。是的，就在那個影片分享網站。

「我分明給了你們一個月的緩衝時間，但政府所做的一切，盡是褻瀆數學。」

高木的語調充滿憤怒。說著，他豎起了食指。

「從今天起，我將與我的弟子們開始進行一項數學命題的證明。在茅倉市發生的命案，便是這項驗證的第一步。不懂數學的無知之輩，勢必無法阻止我們。」

墨鏡下的表情，又是笑得陰森。

「我們將會透過手機網路，隨機傳送訊號給曾經看過我那套教學軟體的人。也就是說，各位朋友成為殺人犯的機率——『機會是均等相同的（equally likely）』的。」

因為自己講的艱深冷笑話而逕自笑著的高木。這男人已經不是什麼數學家，只是個借刀殺人的卑鄙殺人魔。

「那麼，期待各位盡可能稍微接近真相一些。Have a nice math.」

影片到此結束。

第二天，發生了第二件命案。地點是與茅倉市相鄰的飯田村市，被害人伊勢崎千歲是一名七十八歲的獨居女性，死因是後腦勺遭到鈍器重擊。與前一天的命案同樣，在遺體附近又有一張黑色三角板的卡片。

對策本部與長野縣警聯絡並著手搜查，然而就在我們找到殺害伊勢崎老太太的兇手時……居然又發生了第三件命案。地點同樣在長野縣，位於熊岡市的上班女郎矢島葵，被發現溺死在河裡。

在那之後，每隔一天，長野縣內各市就發生一件命案。日本社會——尤其是長野縣，都籠罩在恐怖之中。

對策本部也急了。

殺害伊勢崎千歲的青年，供述自己完全沒有殺人時的記憶。他說自己只是在接起手機聽到一陣高音，之後就失去了意識。根據這份證詞，似乎僅能推斷青年是因為受了那個「訊號」的影響而殺人，也終於讓我們領悟高木源一郎的犯罪聲明，確實是所言不虛。

隨著被害人逐漸增加，對策本部試圖從民間尋求具備高度數學能力的協力人士。然而，實際找起來卻難如登天。畢竟這二十年來，只要在高中上過一天課的人就「機會是均等相同的」可能成為殺人犯，於是這人選若不是得從三十九歲以上的人挑，就是要往十五歲以下找。偏偏三十九歲以上又對於數學有一定造詣的國民，根本沒有人沒看過高木的數學教學軟體，最後只能將人選範圍限縮在十五歲以下。然而不巧的是，高木源一郎也曾經參與了製作國中小學生用的補習班數學教材軟體。

從來不曾到任何補習班上過課，卻擁有傑出數學能力的小學生或中學生……根本是不存在吧。但就在此時，千葉縣警方找到了濱村渚。

就讀麻砂第二中學，僅是一間平凡的市立國中二年級學生的她，雖然似乎是時下罕見沒去補習的孩子，卻有過人的數學造詣，在街坊鄰居之間頗為出名。

「超擅長數學的救世主」……讓我們明白這個稱呼並非誇大其詞的原委，即是如前所述的種種。

Σ

濱村渚用她的左手撥弄著瀏海，雙眼則從長長睫毛底下凝視著貼在白板上的一整排被害人照片與基本資料。

「32、78、24、55、41……」

女孩脫口而出的數字，是被害人的年齡。似乎是想從這些數字裡找出什麼端倪。

對策本部和長野縣警方之所以會傷透腦筋，是因為我們至今仍參不透被害人們為何會遭到殺害。年齡、職業、性別乃至殺害方式，恐怕連加害者也都是各個不同，也找不到彼此的關連性。除了遺體附近都被放了一張黑色三角板的卡片，以及所有人都是長野縣民外，完全找不到共同之處。

——不懂數學的無知之輩，勢必無法阻止我們。

高木在網上拋出的這句狂妄之言，不斷地在我腦海重複。

「也許被害人的年齡或地址以某種規則形成數列」是瀨島已經提出的

假說。可是我們卻歸納不出其規則。高木源一郎也在發表聲明之後，再度消聲匿跡，無從得知任何線索。

期待著濱村渚或許能夠找到答案，我們與她一起比對著白板上的被害人資料，然後陷入一陣沈默。

「……不行。這似乎不是有規則可循的數列。」

她一臉抱歉地看著本部長，這麼說道。

眾人身陷失望的氛圍。

「我覺得啊，跟順序應該沒啥關係吧？」

大山嘴一邊咬著薄脆仙貝發出咔滋聲響，自顧自地說道。明明跟我一樣對數學的事什麼都不懂，真是沒分寸。

「大山，你為何這麼想？」

竹內本部長回問她。大山面對著成群的老練刑警也不顯畏縮，拍拍兩手抖下手上的仙貝碎屑，忽地起身走到濱村渚的身邊，伸手指著第七與第八位被害人的照片。

「本部長，小田德郎和青野宏道這兩人，是在同一天幾乎同一時刻被殺的吧。」

「是啊，沒錯。」

「犯案時間這麼接近，雖然最後是先發現小田的屍體，但就算先找到青野的屍體，也是很合理的事。」

頂著一頭毫無性感可言的蓬亂短髮，有著一對鮮明黑色眼瞳卻完全沒有女人味的女人，確實有其敏銳之處。

「原來如此。」

「也就是說如果跟順序無關的話，可能就不是數列了？」

被我一問，大山像是從鼻裡哼氣般地笑。

「這個嘛，我就不知道了。人家數學又不好。」

「要不是數列會是什麼？你倒是給我說說看啊！」

瀨島從旁插話。身為提出假說者，看來他就是想找出個數列。

「人家就說不知道了啊！」

放任一旁的兩個大人惡言相向，濱村渚逕自走向辦公室的一角，在放地上的書包前蹲下，緩緩打開拉鍊，輕輕將手伸進書包裡拿出了一冊筆記本。筆記本封面的中央，印了一個大大的櫻桃圖案。

她到底想幹嘛？……我觀望著她，忽然她也往我這邊看，視線就這麼對上了。雙眼皮底下那對水汪汪的眼睛，現在看來又與第一印象稍有不同。她發現了什麼嗎？

「您是……武藤先生吧？」

「啊，是、是啊。」

第一次被她叫到名字，有些不知如何是好。

「如果有長野縣的地圖，還請拿給我看看。」

「好的。」

我去後面的資料櫃找出地圖集，挑出長野縣的部分複印之後，又再回到白板前面來。大山和瀨島還在互相叫囂，濱村渚坐在一旁的摺疊椅上，似乎是用那支粉紅色自動筆在筆記本上寫些東西。而竹內本部長和其他前輩則從她身後窺探著。

「拿來了。這就是長野縣地圖。」

「謝謝您。還請放在那就好。」

我將地圖影本放在身旁的桌上，也看了看筆記本。

——あかしこうじ（明石浩二）、いせざきちとせ（伊勢崎千歳）、やじまあおい（矢島葵）、くろだひとし（黑田人志）、よしのあかね（吉野茜）、きたむらけんすけ（北村健介）、おだとくろう（小田德郎）、あおのひろみち（青野宏道）

筆記本裡有著用平假名寫的被害人姓名發音。筆跡圓圓胖胖的，很有國中女生的感覺。

濱村渚盯著自己寫的那些名字看了一會兒，之後像是想通什麼般地站起身來，又再走向她的書包。這次拿出了一個大鉛筆盒。

「啊，是瑪麗喵！」

大山隨之反應。

「瑪麗喵超可愛滴！」

看來是在說印在鉛筆盒上頭的那隻貓咪卡通人物。濱村渚以微笑回應了大山的攀話，再度回到座位坐下，接著從鉛筆盒裡拿出紅色的螢光筆。

「你發現什麼了嗎？」

本部長問道。

「我想，這可能是……」

說著，她便用螢光筆去將自己寫在筆記本的被害人姓名一部分畫成紅色。接著又拿出了黃色的螢光筆……筆記本上的那些鉛筆字，陸續被添上色彩。

――――『あか(AKA)』しこうじ(SHIKOUJI)、いせざ(ISEZA)『き(KI)』ちとせ(CHITOSE)、やじま(YAJIMA)『あお(AO)』い(I)、『くろ(KURO)』だひとし(DAHITOSHI)、よしの(YOSHINO)『あか(AKA)』ね(NE)、『き(KI)』たむらけんすけ(TAMURAKENSUKE)、

おだと『くろ』う、『あお』のひろみち
ODATO KURO U AO NOHIRAMICHI

雖然『くろ』的部份是用灰色筆標註的，但她想說的事已經一目了然。「あか」是紅、「き」是黃、「あお」是藍、「くろ」是黑——被害人的姓名發音裡都含有色名。

「這算什麼？這是數學嗎？不過是在玩文字遊戲吧！」

瀨島嚷嚷著。而這的確好像跟數學沒什麼關係。

「塗上色的話就會明白了。呃……」

濱村渚拿起我剛才印的長野縣地圖，跟白板上的資訊比對。

「這個……嗯，茅什麼市的是在哪裡呢？」

她伸手在白板指出的文字，是第一位被害人明石浩二的陳屍地點「茅倉市」。

「在這裡。」

我指出地圖上的茅倉市，濱村渚便拿著剛剛用過的那支紅色螢光筆，開始給茅倉市上色。

沒人敢再有意見。對策本部全體人員都聚到女孩的身邊，認真注視著這個國中女生塗著色畫。

沒多久，她把八個市都塗滿了顏色。

「看吧？」

「看不懂啊。這什麼意思？」

「相鄰的區塊，都是不同的顏色。」

濱村渚這麼回答本部長的疑問。重新看看地圖，正如她所說，似乎是被刻意安排好似地，鄰接市區彼此都不同色。

「哼，這也算是數學？」

瀨島又面露輕蔑的笑。

「這是數學。是四色定理呢。」

「四色定理？」

「之前我在書裡看到的。不管什麼樣的地圖，只要用四種顏色來標示，就能夠讓相鄰國家區塊的顏色不重複。」

不管什麼樣的地圖……嗎？我隨意想像了幾張地圖，在腦中塗塗看——的確只要有四色，好像就能在著色時讓隔著界線的相鄰區塊顏色不重複。

「本來就不會重複呀，那不是理所當然的嗎？」

聽到瀨島這麼說，濱村渚一臉震驚，睜大了眼睛。

「理所當然？你能證明嗎？」

「這種事，只要拿張地圖來塗一下……」

「想證明用三色無法使其不重複，只需提示那樣的地圖就能簡單證明。但是，要證明不需五色以上才能辦到，則是非常困難的。」

「嗚……」

「事實上，人們為了證明這個命題，耗費了漫長的歲月呢。」

講到數學，這女孩似乎話就多了起來。就這樣，濱村渚一步步翻轉著剛才見面時的木訥印象。

看來瀨島也被她的反差給壓倒了。

「可是黑色三角板進行殺戮的目的，真的是為了要來證明這個什麼……四色定理的嗎？」

竹內本部長仍語帶遲疑。

逐一殺害姓名中含有色彩發音的各地市區居民來代替著色——的確，就算高木源一郎是個瘋狂殺人魔，這也太誇張了。

「對策本部長！」

就在此時，一名資深刑警手抓著電話子機闖了進來，室內氣氛瞬時一轉肅殺。

「長野縣警來電！又發現被害者了！」

「什麼？」

「案發現場在小幌市中居町！」

眾人馬上圍著濱村渚手中的地圖確認現場位置。與小幌市相鄰的市區之中，已經有三處分別被塗上了黃色、藍色與灰色。如果濱村渚推論正確，那麼被害人的姓名之中應該含有「あか」——「紅」的發音。

「被害人姓名呢？」

「叫做赤城玲子（あかぎれいこ）！說是約年四十的主婦！」

那瞬間，我們重新體認到濱村渚的實力。

$\sqrt{9}$ 疏散宣導和神秘人物

濱村渚從透明資料夾裡拿出一張學習單。看著那粗糙的淺黃色薄薄再生紙，不禁感覺莫名懷念。

「這是社會的作業……」

標題寫著「有關地方自治」。

「我真的不知道社會課到底是想幹嘛，或應該是說……」

濱村渚皺起她的細眉，稍微降低了說話聲量。

「社會老師很煩。」

完全是世間國中女生會有的抱怨。看來我和她之間的隔閡正慢慢消融，覺得有點開心。

「很煩？」

「該怎麼說呢……因為教改啊，社會科的內容也變得亂七八糟，可是老師卻說照那樣教只會把小孩教壞，反而故意教一些很難的，結果根本沒有人聽得懂上課在教什麼。然後明明是老師自己講不清楚，還罵我們『為什麼連這麼簡單的事都不懂！』之類的亂發脾氣。」

濱村渚靜靜的說出內心憤恨，接著嘆了口氣。

「社會……真是霹靂煩的……」

教學內容的劇烈變化，有時也會像這樣給孩子們帶來壓力啊——想到這還真讓人感到心傷，教學應該要以孩子們為主體才是。如果教學會讓孩子們備感疲勞，恐怕還是因為大人們任意而為的態度吧。

「沒關係。我來幫你處理這些作業吧。」

回頭來看學習單。命題針對地方自治，要學生從「居民的權利」、「各種委員會的組織」、「地方財政」三個主題之中，擇一整理出其定義與待解決的課題來寫報告。這對於國二生的確是難了些，要是再加上討厭社會科，想必更是提不起勁。

「謝謝你。」

濱村渚像是放下心中大石般露出笑容。

「說起來，疏散長野居民的事現在怎麼樣了呢？」

「很順利，聽說大致都完成了。」

已確知黑色三角板的目的即為證明四色定理的現在，要防止當前被害範圍擴大的對策方法也變得明確多了。那就是先清查與至今已發生命案地區相鄰的市區，將姓名裡含有紅、青、黃、黑四色發音的居民疏散至其他縣市。這場疏散避難牽涉層面相當浩大，使得長野縣警方必須全體出動的大規模行動，對策本部也因應需求，派出包括瀨島與大山等大多數人員前往該縣支援。至於和本部長一起留守東京以防範突發狀況發生的人員，就只有我與兩三位資深刑警。

而濱村渚，則是在剛才忽然現身於冷清的對策本部，但今天千葉縣警木下並沒有陪她來——這也難怪。木下今年三十二歲，雖說身為警官，可是仍然是「機會是均等相同的」殺人犯候補之一。

「外國人也疏散了嗎？」

「我想瀨島會將這事這處理好的。」

最先提出應該要將姓名裡含有「red」或「black」等色名之外籍居民也列入疏散者名單加以宣導的，就是瀨島。或許是他身為歸國日僑的意氣。

「大家真的都設想得很周到呢。」

「畢竟警察的工作，就是維護市民安全啊。」

聽我這麼說，濱村渚咧嘴一笑。

「若是在接下來要上色的地區裡找不到姓名發音含有色名的居民，兇手就沒辦法殺人，這樣就能確實保障市民的生命安全了呢。」

「不。」

我想起日前在對策本部會議上討論的議題。

「這只是治標不治本。」

「咦？」

濱村渚的眉宇之間流露不安。

「雖然順利疏散居民能迴避眼前的危機，但還是要逮捕高木源一郎和他的黨羽，才能徹底解決問題。這樣下去，大家永遠都不能返回自己的家。」

「啊……」

「若無法扭轉目前全體日本國民都被高木作為人質的狀況，不管怎麼做都終究不能安心。」

「說的也是。對不起，我太不知輕重了。」

她垂下眼眸。那雙長長睫毛，使得如此些微的表情變化也看來像是面露悲傷。

「抱歉抱歉，我這話並沒有其他意思。」

氣氛變得有點僵。

以前任職於新宿的派出所時，我曾經勸導過深夜十二點多還在街上遊蕩的國中生。那可能也是我認識濱村渚之前，最後一次跟國中女生說話。而且那群國中生還是些連國語都不會好好講，沒禮貌又不守規矩的孩子。沒想到這個國家還有這麼懂事的國中生。

如此奇妙的感佩轉變成過多的顧忌，這下子就更不知該跟她說些什麼才好了。

「如果……」

在漫長沈默之後，濱村渚低著頭開口說。

「找不到可以殺害的對象，他們就會收手嗎？」

「咦？」

顯然我的想太多根本沒被她在乎。

「要是各地都只剩下姓名發音裡沒有色名的人，他們打算怎麼辦呢？」

「啊，那個啊。我想對方會試圖跟我們再接觸吧！」

「對方……是指畢達哥拉斯博士嗎？」

濱村渚脫口說出博士名號時，聲音明顯帶著顫抖。要面對那操控別人去殺人的兇惡犯罪者，果然還是會抱有恐懼吧。這麼一想，不禁有些憐憫。

此時又突生一念，趕緊在腦海裡將濱村渚的名字轉換成平假名。

——はまむらなぎさ（HAMAMURANAGISA）

幸好，發音裡不帶有顏色，她是不會成為被害人的。

就當我莫名安下心來之際，本部長開門進來。

「本部長先生，你好。」

「哦，你來啦！」

在對於濱村渚的寒暄報以生硬的笑容之後，本部長繞到我的身後，感覺有點不自在地看著白板。他大概是有些累了。

雖然前天濱村渚成功識破高木的目的是要證明四色定理，但之後本部長就一直在忙著對應媒體。畢竟被害人人數這麼多，自然是眾所矚目。

「武藤，疏散行動大致告一段落了。」

本部長縱使疲累，也不會怠忽職守，總是與瀨島他們保持密切聯繫。

「是嗎。行動真是迅速呢。」

我不加思索地回覆。

然而，本部長看來似乎有些心神不寧。或許是因為他也跟我在想著同樣的事。透過媒體，高木源一郎應該知悉警察已經察覺整個事件的意圖。那麼高木的黨徒乃至於他本人，應該會在近期內直接與我們聯絡才是。

雖說理當比濱村渚好些，但我對高木也是抱持著恐懼。

將數學作為恐怖活動道具的瘋狂殺人魔——在免費影片分享網站「Zeta Yube」出現的那副冰冷表情，又浮現於我的腦海。

而該來的時刻來得意外地早。

「本部長，有您的電話！」

還不到一個小時，本部長便從資深刑警之一的手中接到那通電話。

Σ

「沒想到你們這麼快就察覺了。」

打電話來的並不是高木源一郎本人，但自稱是他忠實的部下，還說自己就是主導這次在長野縣發生之「四色定理殺人」的首謀。由於他似乎使用了變聲器，從聲音來無法判別他的年齡，甚至連是男是女也聽不出來。

「日本警察也還滿不賴的嘛。噗哈！噗哈！」

讓人不舒服的笑聲在室內迴響。

之所以全辦公室都能聽到他的聲音，是因為話筒已經接上喇叭，而只要用本部長面前的那支固定麥克風，就能與對方通話。

「你們的目的是什麼？」

「目的？」

本部長的提問，讓對方短暫沈默。

「現在還問這啥鳥問題？……當然是為了提升數學教育的水準呀。」

「但只要你們不放棄恐怖活動，數學的立場就會越來越糟糕啊！」

「少囉唆！」

從喇叭傳出的怒吼，讓我身旁的濱村渚打了個哆嗦。

「你們以為耍這種小把戲，我們就會放棄繼續證明了嗎？」

那聲音侃侃道來。

「你說什麼？」

「石畑市川田町三丁目14之2號。新的顏色會出現在那裡。」

現場氣氛降到冰點。

對他們而言，被害人們就只是「顏色」罷了。

那噗哈噗哈的笑聲又再響起。

「去想破頭來因應吧！但我們必定不會因此而放棄證明的。」

噗滋一聲，對方逕自掛了電話。

本部長轉頭望向在一旁操作機械的資深刑警，刑警比出了OK的手勢。

反追蹤成功了。

「發話地點是長野縣，從茅倉市打來的。」

就是第一件案子的陳屍地點。

「好，我來聯絡長野縣警。武藤，你去聯絡瀨島，叫他到石畑市去！」

「明白了！」

事件有時總是突然生變。黑色三角板並不打算善罷甘休。

我偷偷看了濱村渚一眼，在大人們的慌忙往來穿梭之間，她一個人靜靜看著長野縣的地圖。縱然表情是帶著不安，但她那年輕的頭腦裡，或許正在展開許多新的算式也說不定。

Σ

在石畑市發現的被害人是一名二十一歲的大學生，叫做青江純次（あおえじゅんじ）。遺體頸部留著遭到繩狀物壓迫的勒痕，而陳屍地點的閒置鐵器加工廠，就位在對方在電話裡告知的地址。

青江純次配合疏散，直到昨天為止，人都在已被塗成「紅色」的茅倉市親戚家。可是他卻在昨晚深夜突然離家不知去向，喪命之前的行蹤則不明。或許是陷入催眠狀態的某人約他出門後趁機殺害，或許是他自己接收到訊號離家讓人殺死——無論如何，這表示就算在他處殺死被害人後才搬移，只要陳屍地點在要上色的區域內，仍符合他們的遊戲規則。

石畑市就這麼染上「藍色」。同時也顯露出黑色三角板仍打算繼續殺人的意圖，也等於是向大眾宣告，疏散居民無法阻止他們繼續求證的。

「混帳！竟敢這麼囂張！」

砰的一聲，本部長捶桌怒吼。今晚又得開記者會了。接連不斷有人遇害，縱使輿論騷動砲轟對策本部無能，也只會被當成剛好。而就連我都滿懷心急與氣憤，可想而知本部長會有多焦慮。

不過與浮躁的我們恰恰相反，濱村渚則是不慌不忙地將地圖上的石畑市用螢光筆塗成藍色。

「在這抹上『藍色』嗎……」

她喃喃自語，凝視著地圖。

累計被害人數已達十人。瘋狂色彩的筆畫難道還會更越發不可收拾嗎？

「如果在這邊填上『黃色』的話……」

探頭偷看，濱村渚用左手輕觸她的左邊瀏海，用拿在右手的自動筆前端叩叩敲著地圖上與石畑市相鄰，名為「藪田市」的小市區。在鄰接石畑市的另一側，藪田市又與因發現第三位被害人矢島葵（やじまあおい）而被塗上藍色的熊岡市相鄰。也就是說，藪田市目前是處於夾在「藍色」與「藍色」之間的狀態。

「這裡會變成『紅色』或『黑色』……」

無止盡的著色模擬。濱村渚必定只需數秒，就能在腦海裡將整個長野縣依據四色定理上完色吧。但如今看這狀況，或許實際上也只需再幾天，長野縣就會被屍體塗滿。

想到這，感覺如此怯懦思維真不是警官該有，決定打起精神，我想盡辦法也要阻止犯案。

電話鈴響。我接起話筒。

「你好，這裡是黑色三角板對策本部。」

「啊！武藤，我啦！我是大山！」

「哦。」

「我目前還在長野縣警這。不是有個打電話到你們那邊，自稱是高木部下的怪人嗎？」

「有啊。」

「你們有錄到音嗎？」

「我想有錄到。」

「其實長野這邊在反追蹤出來的地點附近進行搜查後，發現一個很可疑的傢伙……」

「咦？」

「是信濃大學理學院的學生。總之我們這邊會先把他的聲音檔傳過去，拜託你拿去比對一下聲紋吧！」

大山語調興奮，似乎很有把握那學生就是兇手。

跟指紋同樣，聲音也有「聲紋」。不管怎麼用變聲器來掩飾，由於發聲的抑揚、音調與嘴型開闔不會因而變化，只要透過專用軟體辨識分析，就可以迅速判別聲紋。若是聲紋符合，就能申請拘票了。

「了解。快傳過來吧。」

「麻煩囉！」

大山掛了電話。看來就算人在長野，她仍確實發揮著警官該有的表現。

√16 發狂的理科人

「你們是真心認為，現在的數學教育沒問題嗎？」

光村紀夫用他的小眼睛仰望天花板，向本部長發問。光村有著看來體重應有三位數的肥胖體型，兩頰也有不少肥肉。讓人不禁聯想到癩蝦蟆的大腫臉上滿是鬍渣，還掛著一副鏡片模糊的圓框眼鏡——真的看不出來其實年紀比我小。

「我是不懂教育有沒有問題。」

本部長像是要威嚇光村似地緩緩逼近他，將手放在桌上。

「但你協助高木源一郎，犯下殺人這種罪行……」

「畢達哥拉斯博士說得很清楚了，又給了你們一個月的緩衝時間。但是日本政府在那時所做的，都只是對於數學的褻瀆。一直增加無聊的藝術科目排擠理科……尤其針對數學，竟然說它根本毫無用處，還說它是會培養壞人的科目什麼的，像是將數學當作有害細菌般看待，就連在大學也有好多相關課程因此停開！我本來以為上了大學，就能好好學數學的……」

臉頰肉之間呼出一口嘆息。

「這就是我會協助博士的理由。」

說完，光村態度鎮定地看著本部長，絲毫沒有屈服於威嚇的樣子，甚至讓人感覺他根本天不怕地不怕。

用變聲器打電話到對策本部來的人正是光村紀夫。

由於電話錄音與大山傳來的音源在比對聲紋之後結果一致，警方便前去逮捕他。從容就範的光村經長野縣警拘留一晚後，被移送至警視廳。

長野縣發生的一連串命案，都是接收了光村所傳送之訊號的他人所為，而且所有被害人都各自有不同的加害人。現在長野縣警方根據他的供述，拼命搜查尋找這些遭到操控的加害人行蹤。

雖然我們曾期待能藉由逮到光村而獲得找出高木藏身之處的線索，但他卻說高木只跟自己通過一次電話，要他「去證明四色定理」而已，並不知道高木身在何處。

而扣押的發訊機構造也非常簡單，聽說只要用某種數學式的操作，就能輕易發訊影響他人——是一台能讓他人代為殺人的恐怖機器。

「總之，快停下這整個殺害行動！」

「沒用的啦！」

像是止不住的咳嗽般，光村噗哈噗哈笑得歪七扭八。

「就算我停手，也會有人繼續行動！」

「什麼？」

「你真的很笨耶。我不過是他其中一個部下罷了。」

言下之意，似乎是指這樣的發訊機還有好幾個。

「在全國各地，還有許多跟我同樣真心熱愛數學的人。他們將會代替我繼續行動下去的。」

光村挺起短窄的脖子，將他那圓胖的大腫臉湊近本部長的臉。

「沒多久，全日本都會被塗上顏色吧！你們這些無法理解數學，腦袋不靈光的文科草包，就在數學的完美之前戰慄顫抖、叩拜哀求吧！」

這用詞遣字，絕對就是打電話到對策本部的聲音。

「…………」

看本部長無言以對，光村紀夫又噗哈噗哈的笑了起來。

Σ

「這傢伙真是腦袋有問題。」

大山梓隔著單向玻璃窗，看著偵訊室裡的狀況發牢騷。

嘴裡咬著信州限定的蘋果百力滋餅乾，我與瀨島也點頭贊同。至於濱村渚，則似乎對於放在一旁的芥末風味響脆果比較有興趣。

雖然濱村渚也才第三次來到對策本部，但她的神情已經儼然成為我們的一員。她今天原本只是來拿由我代筆寫完的社會課作業，但一聽到光村已經移送過來，就說想要順便看看偵訊狀況。

「話說回來，真傷腦筋啊。」

瀨島在得知協助長野縣居民疏散，其實對於阻止恐怖活動並無太大意義之後，顯得十分喪氣。

「事情越來越難以收拾了。」

「這什麼意思？」

「你還不懂嗎，武藤？」

瀨島一臉蹺樣瞪著我。

「如果抱持跟光村同樣想法與立場的傢伙遍佈全國，那麼就算日本各地同時發生命案也不奇怪。」

怎麼會……真令人毛骨悚然。若真發生那樣的事，將會是縱觀世界也無前例的恐怖活動吧。全體日本國民，都是人質……！

「我想那是不可能的。」

濱村渚輕輕說道。

「你說什麼？」

就在瀨島眉頭一皺的同時，大山也正好「啪」一聲扯開了芥末響脆果的包裝袋。濱村渚立刻將手伸了過去。

「你憑什麼這麼說？」

「嗚哇好辣喔！這什麼東西啊!?」

沒想太多就往嘴裡放的芥末響脆果，似乎發揮了強大刺激威力。濱村渚無視瀨島的問話，吐出舌頭。

「請給我……茶之類的……」

「喂！濱村！」

瀨島的呼聲根本傳不進她耳裡。

大山笑著倒了杯茶給濱村渚，她邊流眼淚邊喝下，接著深呼吸一口氣。

看來是稍微把辣味壓制住了。

「好辣喔。來來，武藤先生，你也來一片吧。」

「別管那了，濱村！快告訴我原因！」

瀨島抓著濱村渚的肩膀搖了搖，她才終於將那有著長長睫毛的外雙大眼望向瀨島。

「嗯？什麼的原因？」

「不可能全國同時發生命案的原因！」

「那個啊……」

濱村渚從外套口袋裡拿出了一疊折得工整的紙張，是我複印後交給她的長野縣地圖。展開地圖，有十個市區都已塗上紅青黃黑其中之一的色彩。

「比如說殺人犯A先在這裡塗上紅色吧。然後殺人犯B在這裡塗紅色，接著A又在這裡塗上黃色的話……」

濱村渚將兩個殺人犯進行著色的過程，逐步講解給我們聽。接著，地圖上出現一個與四色相鄰的市區。

「看，在這裡塗什麼顏色都不對了。這樣就是證明失敗。」

當我們警方致力於追查兇手行蹤時，唯獨濱村渚一個人在驗證四色定理——不過國中女生用「塗顏色」來表現殺人行為這件事，還是讓我覺得很彆扭。

「但是，如果殺人犯之間保持密切聯絡的話……」

「他從來沒有跟別人聯絡啊？」

濱村渚用手指著坐在單向玻璃另一側的光村紀夫。

「他說只跟畢達哥拉斯博士聯絡了一次，之後都是自己在塗顏色不是嗎？沒接到詳細的指示，全是自己決定要在哪裡塗什麼色，自由發揮。」

濱村渚說到這裡，又吐了吐舌頭，露出被辣到的表情。

瀨島雖然還是滿臉訝異，但從神色可看出他已明白濱村渚想說的。

「所以，那些遍佈全國的部下們就算要繼續證明，也要接到畢達哥拉斯博士的通知以後，才會開始上色吧。如果擅自行動，弄出塗什麼色都不對的區域就糟糕了。而就算有兩人以上的部下要一起行動，我想也還是會從長野縣……跟之前發生過命案的市區相鄰的區域開始。」

這下就連我跟大山也都明白了。也就是說目前需要警戒的區域，還是只要鎖定長野縣即可。

但縱使明白這些，仍不能徹底解決問題。跟那個正坐在偵訊室裡，一臉目中無人的胖子同樣瘋狂的隱性理科殺人犯，還是大量潛伏在全國各地。

不逮捕高木源一郎，這一切到底是無法了結的。

Σ

「這好辣呀。」

竹內本部長捏著鼻子，淚眼憤恨地看著大山梓。他吃了芥末響脆果。

「是嗎？這樣就喊辣喔，本部長程度跟小渚一樣呢。」

大山一次抓了三、四片響脆果放進口中，豪邁的嚼起來。

我剛才也吃了一點點，那響脆果根本不是平常那種可以大把抓大口吃的零嘴。不知該說是信州人的堅持，或要說是他們的惡意，竟把芥末強烈刺鼻催淚的風味都凝聚濃縮在其中。

本部長淚汪汪地咳了又咳，走近熱水壺倒咖啡。

已經晚上十二點多。對策本部召集了全體人員，開始準備重新商討防止被害持續擴大的對策。

根據光村紀夫的供述，在長野縣警方的迅速行動之下，不但很快掌握每個因為接收了訊號而犯下殺人罪行的直接正犯們行蹤，並已將他們都帶到警局留置。由於這群人都是遭到催眠才成了殺人犯，一定程度上也是受害者，把他們當兇手看待，用「拘禁」來說明現況也有些過意不去，但又總不能說是「保護」，所以警方與媒體決議暫時統一用「留置」這詞來敍述。

防止被害接下來持續擴大的策略首要是「速度」。然而，雖說從四色定理的特性，我們能夠預測危機仍會集中在長野縣附近，但是除了呼籲居民嚴加防範與強化巡邏之外，實在也無計可施。況且還有青江純次的案例，凡是姓名帶有顏色的國民，都等於有生命危險。

「不能想個法子讓他們收手嗎？」

在偵訊光村之後，本部長曾這麼問濱村渚。

「如果能想個法子讓他們證明失敗就好了……」

她面露難色的説。

「要成功得證的話我是很拿手，但要使其證明失敗還真有點困難呢……而且，對方都是擅長數學的人吧？」

雖然她後來還想了好一陣子，但似乎仍不得其解，黃昏時分就回千葉去了。畢竟濱村渚是個國中生，我們警方也不好強迫她留下。

之後，大家持續著漫無頭緒又不得要領的討論，只有時間無情地逝去。我們終於深切體會到自己面對恐怖活動時的無力。

「這樣吧，我們先把顏色塗好怎麼樣？」

大山拍拍手抖下響脆果碎屑，同時說道。

「先把顏色塗好？」

瀨島啜飲著咖啡，把臉一板。

「嗯！比如說，我們先在這邊塗藍色之類的……這樣證明就失敗啦！」

大山指著貼在白板旁邊的長野縣地圖上一處——藪田市。由於矢島葵與青江純次陳屍的熊岡市、石畑市皆與其相鄰，只要藪田市也被塗上「藍色」，的確證明就會失敗。

「大山，你知道自己在說什麼嗎？在這案子裡，說要『塗色』代表的可就是要殺人耶！」

「是啦，說的也是……但，比如說我們可以把市內的建築物都塗上藍色油漆之類來代表啊。」

這無厘頭的意見讓所有人都愣住了。

「你白癡啊！這種作法，那些傢伙怎麼可能接受啊！要依照對方的遊戲規則，讓他們失敗才行啊！」

瀨島跟大山說話的時候，常常都是一副當她白癡的口吻。大山的表情也明顯顯露出十分不滿。

「去他的遊戲規則，誰理他啊。」

大山把腳一抬，重重地擱上辦公桌。看來她打算擱下這案子了。

但是，大山的態度反而激發了我的警官精神。

——去他的遊戲規則。

是啊。我們只是一直與殺人犯所訂下遊戲規則糾纏，被他們牽著鼻子走而已。用殺人來證明數學定理？我們不該被那些瘋子的遊戲規則左右。

此時，鈴聲響起。離電話最近的我，拿起話筒。

「你好，這裡是黑色三角板對策本部。」

「啊。武藤先生。」

是濱村渚。最近的國中生這麼晚都還醒著。

「怎麼了？」

「嗯，謝謝你幫我寫作業。」

特地打電話來跟我道謝嗎？她還挺有規矩的。

「你還在辦公室呀。」

「這陣子說不定都得睡在這兒呢。」

說完，我才終於察覺自己滿疲倦的。最近都沒回家。

「好辛苦啊。」

「沒辦法哪，我要掛囉？」

「啊，請等一下。」

我感覺她這挽留並不單純，或許我也開始有些所謂「刑警的直覺」了。

「我想到了喔。」

「想到什麼？」

「讓證明失敗的方法。」

果然如此！這正是我所期待的答案。

這幾天都仰賴著濱村渚的自己了然現形。

可是，究竟該怎麼做……？

後來她口中說出的方法，只讓我感到無比訝異。因為那是比大山的提案還要更無厘頭的手段。

「這方法能……執行嗎？」

「動作越快越好喔。」

雖然只聽見聲音，但又好像能看見濱村渚那水汪汪的那雙大眼正對著我訴說。

√25 阻止殺人著色畫

大山梓笑得像個惡作劇的孩子般地不懷好意，硬是拉著濱村渚的手要把她拖進偵訊室裡去。而在偵訊室裡，應該是一臉目中無人的光村紀夫在等著她。

「我絕對不進去！」

「是用小渚的點子擺平的，怎能不去呢！」

大山毫不退讓。

濱村渚用哀求般的眼神看向我，但因為本部長也贊同讓她跟光村對話，我只能默默轉移視線。

「人家也會陪你進去的啦！」

大山粗暴地「砰」一聲踹開偵訊室的門，將濱村渚拉扯進去。

突然見到穿著制服的國中生出現在眼前，光村似乎有些驚訝。他的呼吸變得大聲急促，奮力張開小小的眼睛試圖掌握現況。而我們則在隔壁房間，透過單向玻璃窗看著眼前不可思議的景象。

「呃，那個……」

濱村渚開口說話時還朝我們這邊看了又看，但從偵訊室裡看過來，單向玻璃窗只是一面鏡子。

「你……你好，我叫濱村渚，是千葉市立麻砂第二中學的學生，今年上國二。」

光村還搞不清發生了什麼事，看似困惑地默默望向大山。

大山也不知是在搞什麼，不肯介紹一下濱村渚，逕自大力扯開拿在左手的芥末響脆果，袋口朝向光村。

「你幹嘛？」

「這是信州的芥末響脆果，吃一點吧？」

光村雖面露驚訝，但還是將手伸向響脆果。看那體型，對他而言零嘴的魅力想必難以抵擋。

光村吃了一片，接著就與我和本部長一樣嗆到呼吸困難，流下淚來。

「咳咳！咳咳！咕哇！」

比昨天又更添濃密的鬍渣大臉兩頰的贅肉擺盪，沾著光村唾液的響脆果碎片散得到處都是。或許是那副滑稽模樣使她的緊張得以舒緩，濱村渚笑了出來。

「真沒用耶！你不是長野縣民嗎？」

大山豪邁地抓了把響脆果放進自己嘴裡嚼得咔咔響，並拿起放在一旁的茶水倒進紙杯。

「咳咳！……你到底想幹嘛啊？」

大山忍不住笑出聲。

「你們的計畫已經完蛋了。」

「什麼？」

光村顯然嚇了一跳。但又隨即一把搶過大山要給他的茶水，然後一口氣喝下，再緩緩呼出一口氣。

「怎麼可能。以為這樣唬人我就會被你嚇到啊？」

「呵呵，這位數學少女會跟你解說，你就閉嘴乖乖聽講吧。」

大山開心説完，就往放在偵訊室角落的折疊椅一坐，再度開始大吃大嚼她的芥末響脆果。

濱村渚一臉抱歉地拉過椅子坐一半，隔著桌子面對光村。之後戰戰兢兢地從制服外套口袋拿出紙張，慢慢展開給光村看。

「這個是之前的狀況……」

又是那張長野縣地圖。

光村看著至今自己的犯罪成果，一臉滿足地舔了舔唇。

巨無霸醜男與嬌小國中女生……宛如癩蝦蟆與拇指公主般的構圖。

「今天變成這樣了。」

濱村渚從外套胸前口袋裡拿出螢光筆，將紙張某處塗上藍色。雖然隔著單向玻璃看不清楚，但我很清楚她在塗什麼。她正在塗的是藪田市——那個被「藍色」與「藍色」夾住的小小市區。

光村瞇起藏在圓框眼鏡的模糊鏡片後面他那雙細小眼睛，狠狠瞪著近在眉睫的濱村渚。

「胡說八道。」

宛若從地底深處竄出的駭人之聲。

「我等同志不可能犯這種錯誤。」

「我也這麼認為。所以說，這並不是你們犯錯。」

濱村渚鼓起勇氣，對著眼前的肥胖大學生堅定說道。再來她深深吸了口氣卻沒吐出，樣子像是刻意憋氣。

接著這麼說。

「長野縣藪田市透過縣市合併，今天起成為隔壁石畑市的一部分了。」

說完，濱村渚呼出長長一口氣。

「……縣市合併？」

這之後，大概是想將濱村渚的話在腦中理出個頭緒，光村安靜了一小段時間，偵訊室裡只傳出他大屁股下的椅子被擠壓的細微唧唧響聲。

「什麼意思……？」

「為了解決財政負擔之類的問題，有時地方政府會跟附近的行政區進行合併。然後，就會要重畫地圖。」

「…………」

「啊，這個，我也是最近……最近才學到的啦。」

濱村渚似乎是很怕光村誤解她的社會科知識豐富，舉手在臉前猛揮。

也是。濱村渚是看了我幫她寫的地方財政主題報告，才知道世上有縣市合併這件事。不過能將知識如此運用，還是要全歸功於濱村渚敏捷的思維。

至於能將這提案付諸實現，則是警察廳的功勞。雖然有很多繁雜手續與流程要走，但因為藪田市從多年前就已經在醞釀縣市合併，事情出乎意料地進行得很順利。

「本來像合併這種事，理應還要跟當地居民確認意願之後才能辦理。但這次情勢緊迫，而且是為了拯救大家的性命，所以立刻執行了。」

濱村渚說話速度越來越快。而她眼前的光村則是嘴角不斷抖動，抖到那震動好像都要傳到我們隔壁來。

「我想你也很清楚，石畑市隔壁的熊岡市已經塗上了『藍色』。因為這次合併，也是『藍色』的石畑市便與『藍色』相鄰，使得你的證明失敗了。」

「這才不算數！」

光村猛然起身，連椅子也被他碰倒地發出大響。狼狽的汗水流滿面。

「這是犯規！怎麼可以塗上顏色之後才來變更區域界線！」

聽光村這麼說，彷彿期盼此刻已久的大山梓冉冉而動。

「啪喳！」的好大一聲，大山狠狠巴了光村那因汗水濕透的頭，又朝著驚慌失措的他這麼說。

「去你的遊戲規則，誰理你啊！大笨蛋！」

說得好。

而對我來說，這當然也是個大快人心的一刻。

或許是由於證明失敗帶來的衝擊，讓光村似乎完全放棄抵抗，搖搖晃晃踉蹌幾步之後，就一屁股摔在地板上。

事件落幕。巨無霸的身影看來不再巨大。

「我想問你一下……」

短暫沈默之後，濱村渚拿起桌上的地圖，碎步走近殺人魔的身邊，蹲了下來。

直到剛才都不願意跟光村說話的她，現在不知上哪去了。我跟瀨島面面相覷，搞不清眼前狀況。

「你為什麼要把這裡塗上『藍色』呢？塗上『黑色』不是比較好嗎？」

滿臉是汗的光村抬頭看地圖。

「……啥？」

「因為，如果在這裡塗『藍色』的話，這裡就只能塗『紅色』不是嗎？然後這裡呀……」

這女孩到底是怎樣？……事情都結束了，她還在思索四色定理的證明。

而原本好像只是呆呆聽她說明的光村，臉色也漸漸明顯改變。

「難道……你在上色之前沒有先想過嗎？」

「…………」

「你這樣怎麼行呢！我老實跟你說好嗎，如果石畑市不是『藍色』，就算動用了縣市合併，也不能解決問題的！」

光村已經無言以對。看來他終於明白，眼前的國中生不是個泛泛之輩。

「……這崇高的求證行為，居然被沒用的社會科知識給阻害……」

像是執意要恢復數學的威嚴一般，光村低聲說。濱村渚於是微微瞇起她睫毛長長的眼睛，首次面對著光村微笑。

「我也很討厭社會。但是，社會科目有時候也還滿有用的呢。」

接著她正經八百地直視著光村的眼睛，開口這麼說。

「比如說，阻止殺人著色畫的時候。」

Σ

「真是令人意外呢。」

當天，畢達哥拉斯博士——高木源一郎又出現在「Zeta Tube」。

「竟然動用縣市合併……哼哼哼，這次我就認輸吧。」

墨鏡下的冰冷表情毫無動搖之色，甚至應該說是相當從容。

「不過，警方好像也有著與我們頗為氣味相投的人才。或許能夠來一場超乎想像的愉快對決啊。」

明明殺了十個人，卻對其隻字不提的瘋狂殺人魔。身為警官，實在無法原諒他。而想到這樣的人，居然曾經一路參與引導日本教育界，憤怒與恐怖引發的顫抖更是從裡到外湧上全身。

「看來，跟你們還有的是緣分哪。」

嘶……

影片結束了，卻留下高木再度犯案的可能性。由於免費影片分享網站的機能限制，我們沒辦法鎖定影片上載者所在地。要掌握高木的行蹤，似乎難如登天。

當我們一大群人擠在電腦螢幕前面看網路影片的時候，濱村渚卻在我們身後一邊撥弄左邊瀏海，一邊仍然盯著長野縣的地圖瞧。

「怎麼了？」

我開口問。於是她抬頭看。

「請問有膠水嗎？」

「膠水？」

「我想把地圖貼在筆記本上。」

在我反應過來前，竹內本部長便起身走向牆邊的置物櫃，從櫃子抽屜裡拿出口紅膠交給濱村渚。

「謝謝您。」

「貼在筆記本幹嘛呢？」

濱村渚按著口紅膠底部轉呀轉的，很開心的樣子。

「因為還滿難得的，我想來算算看將長野縣依照四色定理上色時，究竟能得到幾種解法。」

「什麼啊？」

「每找到一種配置，就表示至少有乘以二十四倍的解法，不是嗎？」

真拿她沒辦法。這個國中生，是打從心底喜歡數學。

「這樣的話，解法應該滿多的呢……那麼，我下次也來塗塗看其他縣市好了。」

「隨你高興啦。」

大山梓似乎也投降了，隨口敷衍一句之後便把最後一片芥末響脆果送進嘴裡。說是從長野帶回來給大家分享的特產，但結果所有響脆果幾乎都被她自己吃掉。而在大山身邊的瀨島也一語不發，一臉事不關己。

「所以啊，我有事情想拜託各位。」

濱村渚說著，視線把我們大家都掃了一遍。

「在我算出答案之前，能夠請警察告訴長野縣政府，暫時不要合併縣內其他行政區嗎？」

警察職權裡從來沒這項哪……但大家都只露出苦笑，沒人說得出口。

log100.

『與惡魔的約定』

$\sqrt{1}$ 藥品Z

在位於新宿區的佐田美術館裡，一名輪值大夜班的保全警衛遭到殺害。消息傳出後，不僅是美術館的相關人員，全東京都民都為之顫慄。因為在美術館入口處發現的一張卡片，上面印著兩片交疊的三角板設計圖樣。

這自然就是意味著數學恐怖組織「黑色三角板」的魔爪，終於也伸進了東京都。

而讓警方最為起疑的，則是兇手殺害保全的方法。被害人身上完全沒有外傷，他到底是怎麼死的？遺體迅移交法醫解剖檢驗，得到的答案令人震驚。

保全的死因，是吸入了毒性極強的揮發性毒氣。

緊接著，黑色三角板的企圖便眾所周知。

「政府各位教育相關人士……」

恐怖組織的主謀畢達哥拉斯博士，也就是高木源一郎又出現在免費影片分享網站「Zeta Tube」的影片裡，喃喃地說他的犯罪聲明會透過這網站發佈一事，幾乎成為新的國民常識。

「為了改變各位的想法，我們又再次付諸行動。那就是針對各位在改惡教育之時，於義務教育裡一再加大比重的那些無聊藝術科目，進行破壞活動。欠缺數學的藝術，只是兒戲。」

說到這，高木隔著與他並不相稱的墨鏡，猙獰一笑。

「我想你們應該都知道了，發生在新宿區佐田美術館的命案是我的部下所為。我們將會運用同樣藥品，讓都內的美術館都化為地獄。此外，這次也會輸送訊號，請曾經看過我教學軟體的學習者來協助我們。」

高木這二十年來，透過教學軟體持續對日本全體國民進行事先催眠。而這可以隨意讓國民成為殺人犯的恐怖事實，已在長野縣的案子裡展露無遺。

「也就是說，各位身邊的人要成為殺人犯，『機會是均等相同的』。如果希望我們停手，就改善教育吧！再度讓孩子們——開心學數學。」

這次的犯罪聲明在此結束。

Σ

「什麼是『揮發性』？」

濱村渚邊問邊拉了張折疊椅坐下，把書包放在大腿上。

西裝制服外套搭圓領襯衫，領帶則是學校指定的紅色蝴蝶結。水汪汪的外雙大眼有著長長睫毛，看起來就只是個普通的國中女生。但「黑色三角板・特別對策本部」的所有成員，都知道她不是個省油的燈。

「是指液體在瞬間蒸發的性質啊。」

「瞬間蒸發？那要怎麼保存呢？」

「放在不會漏氣的瓶罐或是塑膠密封袋裡面的話，就可以保存了。」

「那要移到別的容器時怎麼辦？」

「聽說這件案子用到的藥品，只要氣溫夠低就不會氣化，所以可以輕易更換容器呢。」

「好厲害喔——」

坐在目瞪口呆的濱村渚一旁的瀨島直樹，不屑地冷笑一聲。

但總是看不起人的瀨島，心中必也是肯定這國中生是有著某項過人特長的——那就是數學。

雖然她從沒用過高木源一郎的教學軟體，但卻非常擅長數學，是千葉縣警方找來的貴重人才。實際上，日前發生在長野的「四色定理連環殺人案」之所以能順利偵破，有極大的部分都得歸功於濱村渚的數學能力，以及她那超越犯罪者想像的出奇之計。

「那個液體瓦斯也是畢達哥拉斯博士做的嗎？」

由於「瓦斯」這個詞原本就是指「氣體」，其實講「液體瓦斯」實在有些奇怪，但我想就別提這個，直接回答問題。

「不，是川崎市的化學研究所遺竊的藥品。」

「遺竊？」

「有位曾在研究所上班的研究員，從藥品失竊那天起就失蹤了。」

「失蹤了啊。」

濱村渚似懂非懂地重複我的話，抬頭看向天花板。

竹內本部長拿著餅乾進來。自從濱村渚開始出入對策本部，辦公室裡就多了不少數學相關書籍與零食糖果。

「啊，真是麻煩您了。」

濱村渚臉上帶著歉意卻也毫不客氣，立刻將手伸向餅乾。

瀨島似乎很不耐煩地站起身來。

「濱村，你懂武藤在說什麼嗎？」

「嗯？說什麼？」

「他的意思是，那個偷走藥品的研究員非常可疑啊！」

「啊。是。」

濱村渚像是要遮掩自己的羞澀般，邊笑邊咬了幾口餅乾。餅乾碎屑簌簌落在她的書包上。

雖然擅長數學，但濱村渚好像不善於依據事實去推理或是懷疑他人。畢竟她年紀還小未經世事。說得好聽點，是太過年輕所以純真無邪。

「那麼，嗯，那個人是黑色三角板的伙伴嗎？」

濱村渚像要確認般問我。

「可能性很高。」

我也伸手拿餅乾，接著向她說明目前搜查的進展。

神奈川縣警已鎖定大型製造商「小柴製作所」旗下的化學研究所內防毒面具開發班介入調查。該藥品乃是研究所為了模擬地下鐵恐怖攻擊用毒氣而開發，被稱為「藥品Z」的物質。是一種吸入身體後會使人立刻失去意識，接著破壞全身神經系統並造成心臟停止的恐怖藥品。

偷走藥品的椎名好彥，今年二十七歲。是化學研究所的研究員之一，在美術館保全警衛命案發生前不久，椎名帶著四點五公升「藥品Z」忽然失去行蹤。

隨著搜查進展，警方發現椎名是一個在高中時代曾參加過數學奧林匹克競賽的數學愛好者，考進東京都內大學的理學院後，也因興趣而在課業需要之外仍持續學習數學。不只這樣，他還時常出入澀谷某間數學喫茶。

「數學喫茶？」

濱村渚一聽，興趣盎然地傾身向前。

「那是什麼呢？」

「讓數學愛好者聚會交流的喫茶店，在都內好像有不少間呢。」

「是喔……東京竟然有那種地方啊！」

濱村渚聽得兩眼閃閃發亮。瀨島搖了搖頭。

「聽說椎名在學生時代，常去澀谷一間叫做『卡丹諾』的數學喫茶。」

「卡丹諾？哦，是發現三次方程解法的義大利數學家的名字呢。」

濱村渚嘴裡含著餅乾邊嚼邊說。我和瀨島則有些驚訝，畢竟我們在一個小時前，才第一次聽說這義大利人的名字。她真不愧是數學少女。

「我們接下來想去那間店看看。」

瀨島插話進來。濱村渚看向他。

「有黑色三角板涉入這案子，跟數學必定是脫不了關係。去那裡應該能得到串連椎名與數學的情報。」

瀨島一口氣說到這裡，瞥了我一眼。

「不過嘛……」

好像是示意要我來說。大概是不想從自己的口中說出肯定濱村渚能力的話語吧。我按捺著苦笑，接著說下去。

「畢竟要去的是數學喫茶，還是請濱村同學跟我們一起去會比較放心。免得一碰上我們聽不懂的數學話題，就打聽不到正確消息了。」

濱村渚揚起嘴角一笑，梳了梳額前的瀏海。

「好的，我也去。」

將是生平第一次的數學喫茶體驗，似乎讓她喜不自禁。

√4　卡丹諾的天使與惡魔

「數學喫茶卡丹諾」位於跟澀谷鬧區有段距離的市街，隱身在一棟住商混合大樓的地下室。店鋪面積意外寬敞，大概可以容納三十名左右的客人。至於裝潢，其實我也不太懂，但感覺是以義大利風格來統一搭配，牆上掛著多張像是文藝復興時期畫家筆下的天使圖畫。可是那些畫，卻讓我們覺得有些不協調。

框在每幅邊長約五十公分的正方形畫框裡的裸體天使，手上各自都拿著一個數字。從1、2、3……到9都有，所以這間店裡應該共有九張這樣的天使畫。

這些數字天使究竟代表著什麼？就在我感受著數學喫茶這空間的不規則性，進一步走向店裡的瞬間——我察覺了「他」的存在。

雖然其實我並不知道其性別，但就是覺得用「他」來稱呼比較合適。

我回頭看濱村渚，她也同樣被「他」奪去目光。坐在那裡的「他」，就是這麼奇妙詭異。

「我是警視廳的瀨島。」

瀨島對「他」不屑一顧，直接走向正站在吧台後方擦拭咖啡杯的男性，亮出警察手帳。

「哦，您是剛剛打電話來的……」

身穿紅色格子襯衫的男子，罩了件感覺沈穩的藍色外套，脖子圍著一條米色的領巾，看來是超過四十歲，但說不定已經過了五十也說不定。獨特的服裝品味加上細瘦體型，讓他看起來滿年輕的。

「是的。」

「勞駕各位特地前來。我是店長，敝姓及川。」

及川放下剛在擦拭的玻璃杯，不知從何處拿出一張名片，遞給了瀨島。看他的一舉一動，都是那麼落落大方。

用極簡字體印著「數學喫茶卡丹諾／及川創一」的名片，翻到背面則印有一道很複雜的算式。我和瀨島對這完全是束手無策。

「那，今天是有何貴幹？」

「我們想請問你關於椎名好彥的一些事情。」

雖是營業時間，但店內完全沒有其他客人。我們單方面認為這可以安心慢慢問話，於是就在吧台前坐了下來。

「椎名好彥？……喔，你們是說那個學生啊？」

及川創一像是憶起往事般露出微笑。

「記得他講話有些結巴啊。」

這訊息我們也早已掌握。椎名好彥有口吃的毛病。

「是的。」

「他好像之前在製造業工作吧？」

「在小柴製作所。」

「對對對。」

及川看似開心地說著，又開始擦拭玻璃杯。我現在才發現這家喫茶店的玻璃杯種類實在有夠多樣，可能是到晚上這裡會變成居酒屋吧。

「你聽說過發生在新宿美術館的命案嗎？」

瀨島突然將話題一轉。

「就是用毒氣殺死保全的案子嘛。」

「是的。那件命案，似乎與椎名好彥有關。」

及川的手突然停下。

「怎麼可能。」

「導致保全死亡的毒氣，是小柴製作所位於川崎的研究所失竊的藥品。而竊取藥品的內賊，極有可能就是椎名好彥。」

聽了瀨島這略嫌武斷的發言，及川表情一轉，面露遲疑。

「你的意思是，難道他……？」

「我們認為，他是黑色三角板的一員。」

及川將視線從瀨島身上移開，然後接受這事實，深呼吸。

「您也對黑色三角板的事件有興趣嗎？」

及川看向我，緩緩點了點頭。

「好歹我也是開這樣的店，當然對於數學多少有些興趣。可是沒想到，他竟然會投身黑色三角板……」

「最近椎名有跟您聯絡嗎？」

「沒有。雖說當他還是學生時，確實成天都會來這裡，然而開始去上班以後，就很少往來了。」

「最後一次見到他，是什麼時候？」

「這個嘛……大概已經是五、六年前吧。」

「這樣啊。」

看來是白跑了一趟——雖然我這麼想，但瀨島似乎還對及川有所懷疑。忽然我想起濱村渚。轉頭看，發現她還一臉稀奇地盯著「他」瞧。我輕敲了下她後背。

「啊。」

總算回神的濱村渚先緊緊闔上她那水汪汪的外雙大眼，然後再睜開眼睛擠出笑臉給及川看。

「我是濱村渚，是千葉市立痲砂第二中學的二年級學生。」

及川似乎也滿在意刑警們為何會帶個國中生一起過來，不過對於濱村的自我介紹，總之還是回了個笑容。

「雖然問得有點晚，要喝些什麼嗎？」

「哦，不，請不用痲煩。」

雖然我如此推辭，但人卻根本就坐在吧台前，實在沒有說服力。很快地我和瀨島面前端來咖啡，濱村渚則被招待柳橙汁。

「感謝招待。」

濱村渚說完便用雙手拿起玻璃杯，喝了一口柳橙汁。

「話說回來，『那個』是什麼啊？」

接著很唐突地問。

而「那個」，就是我們走進店裡之後，一直很在意的「他」。

在店內深處，放了一張黑色的椅子，上面則坐著一個與成人男性差不多尺寸的等身大人像。而且那個人像顯然不是人類，是個用漆黑塑膠材質製作的奇妙生命體。眼角上挑的一對黃色眼睛沒有眼珠，裂開到耳朵的血紅大嘴裡面，隱約可見紫色的舌頭。沒有頭髮，也沒有穿衣服，雙手拿著一根長長手杖般的道具。雖然給人的感覺就是陰森，但卻有種使得觀者無法輕易移開視線的奇妙魅力。

「那是惡魔。」

及川創一收起笑容回答。

「惡魔？」

「果然是呀！」

當我還楞在那裡時，濱村渚卻輕巧起身走近「他」。

「這個是『0』吧！」

濱村渚指著惡魔握著的手杖頂端握把部分這麼說。的確，上頭是裝了個很像是「0」金屬製物體。

「是啊，沒錯。」

及川眼睛一亮，好像很高興。

原本會來到這間店的顧客，應該都是像濱村渚這樣的人吧。

「說到『0』，就是惡魔的數字。」

他們聊起數學了。這下子，我和瀨島只能安靜坐一旁。

「雖然誕生在印度的『0』原本只是在進位計數時，用來表示這個位數沒有任何東西的記號而已……但它的出現是數學裡革新的大發明這項事實，卻是毋庸置疑的。『0』把原先羅馬數字無法辦到，使用數字來表示十進位計數這件事，化為可能。」

及川面露恍惚神情講得起勁，但對我而言全是馬耳東風。

默默向濱村渚示意我們完全聽不懂這些內容，也完全不懂哪裡有趣。她似乎明白我的意思，於是走回吧台打開自己的書包拉鍊，拿出封面畫著櫻桃的筆記本。那是她的計算簿。

「事情是這樣的。」

濱村渚從制服外套胸前口袋拿出粉紅色自動筆，先一次將筆芯按出很長一段之後，再壓回成適合書寫的長度。

「各位會怎麼念這個數字呢？」

她沿著筆記本上的框線寫了個「10」。

「十。」

我和瀨島異口同聲說。

「不用多說，這當然沒錯。但如果直接照字面念的話，不覺得應該唸做『一』、『零』嗎？」

10……的確，如果只看著上面寫的數字照念，就是「一」、「零」。但打從我們有記憶以來，就一直把這念做「十」。無論給全國哪個日本人看這數字，相信每個人都會念做「十」吧。

「這個數字真正的意義，是表示『有一個數字在十位數，可是在個位數則一個都沒有』這件事。」

「…………」

「羅馬數字裡並沒有用來表示『一個都沒有』的記號。所以要表示大的數字時，就不得不寫上很多V呀X呀的。而印度人卻用畫一個圓圈圈來表現『一個都沒有』，消除了這些繁瑣。」

說到這，濱村渚轉頭面向及川，然後又喝了一口柳橙汁。

「看來這位小姐非常瞭解『0』這個數字呢！」

及川創一笑得很開心。似乎他也終於明白，我們為何會帶著這小小國中女生來訪。

「但是，那正是『0』的歷史起點。印度人所畫的圈圈，之後被視為是數字，賦予了『零』這個稱呼。而當『0』首次進入西方世界時，人們則稱它為『惡魔的數字』。」

「原來如此，所以只有『0』是惡魔的數字，其他都是天使的數字了。」

我也感覺自己總算能夠稍微理解，店裡這些天使畫的意義。

「惡魔的數字？」

瀨島一臉半信半疑，小口喝著咖啡。突然，及川用食指指著瀨島。

「你說！0×100是多少？」

「不是0嗎？」

「沒錯！接下來輪到你！」

這下輪到我。

「0×13532呢？」

「還是……0吧？」

及川從容一笑，緩緩點頭。

「正是如此。」

看似滿意地這麼說。

「0不管乘上什麼數字都會變成0。將所有數字都容納於己身——就是這麼個惡魔的數字。」

「可是，那不是理所當然的嗎……」

聽到瀨島的冷笑，濱村渚一臉震驚，睜大了眼睛。

「什麼理所當然！你知道第一次見到這數字的歐洲人可是受到了多大的衝擊嗎？是一個只用來表示『一個都沒有』的數字耶！」

其實我不太懂濱村渚為何會那麼亢奮。及川舉手示意她冷靜，接著沉著地說。

「那我問你，0÷4是多少？」

「0。」

被濱村渚念了幾句的瀨島很不爽地回答。

「答對了。那麼，4÷0呢？」

「0啦！」

從瀨島的口氣，感覺他已怒氣沖沖。

但聽到這回答，及川與濱村卻同時搖了搖頭。我不明白那是什麼意思。

0÷4等於0的話，4÷0不也會是0嗎……？

「是怎樣啦，濱村！」

瀨島終於忍不住大聲起來。

「不是4÷0=0。」

「什麼？」

「應該說，根本不可以列出4÷0這種算式。」

數學少女濱村渚一臉正經，直視著瀨島憤怒的雙眼回道。

「啥？」

似乎是想要緩和現場緊張的氣氛，濱村渚嘴角再度浮現笑容，然後拿著白動筆在筆記本上寫出兩條算式。

『1×0=0』以及『2×0=0』……是連小學生也懂的簡單算式。

「看好囉。如果這兩條算式是成立的，那麼會因為0等於0……」

『1×0=2×0』

這也沒問題。

「於是，如果『除以0』成立，就表示可以用0去除等號兩側……」

接著，我們的眼前出現了極為奇妙的等式。

『1=2』……？

怎麼可能。

「看吧？」

我看了看瀨島，他正皺著眉頭，盯著這不可思議的算式。

「所以絕對不可以『除以0』。如果我們這麼做，就會把數學的秩序搞得一團亂。」

粉紅色自動筆繼續寫下「÷0」，之後馬上又在上頭畫了個大大的叉。

及川創一突然開始拍手。

「雖然聽說最近在義務教育裡都沒有好好教數學，但還是有耀眼的才能在啊！」

受到稱讚的濱村渚一臉害臊地喝起柳橙汁。

「0是惡魔的數字這件事，各位應該已經明白了吧。雖是一個遇上不管多大的數字，都能在轉瞬間將其化為無的恐怖數字，但卻非常有用。然而惡魔賜給我們這數字，是有附帶條件的。要是不遵守條件，惡魔就會徹底破壞人類的數學秩序。」

及川一臉猙獰地說完故事。

「絕對不可以除以0——這是人類與惡魔彼此的約定，是數學史上最為重要的約束之一。」

　喫茶店深處，惡魔仍手握著0之手杖，張著血盆大口咧嘴笑。在因為那表情而感到背脊發涼的同時，我也深切感受到自己真是不屬於這地方。

√9　持續進展的案情

　濱村渚回家後，晚上大概十點多，我們開始執行新宿凱萊紀念美術館的警戒任務。現在，都內大多數的美術館應該都是嚴加戒備吧。而對策本部之所以選定這間美術館，則是基於這裡距離第一件命案發生現場佐田美術館不遠，相對地較為容易成為目標的判斷。而白天依其他線索追查椎名好彥行蹤的大山梓，也在此與我們會合。

「喂，武藤。剛剛那個0的故事，我還是聽不太懂。」

　走在橫寬可能有將近二十公尺的巨大走廊時，大山這麼說。手上還拿著上頭才發給大家的防毒面具。

「為什麼0÷4會變成0，但是4÷0就不會呢？或應該說，『絕對不可以這樣算』到底是什麼意思？」

問我也是答不出來的。因為我也沒有真的搞懂為什麼。

「關於那個啊。」

瀨島從後面走近我們。

「我剛剛想起來，以前在美國的時候，曾聽人這麼解釋。」

瀨島直到高中畢業之前都在美國生活，也因此並沒有見過高木源一郎的數學教學軟體。

「四個蘋果給兩個人分，一人會分到幾個？」

「兩個。」

我與大山異口同聲回答。我們早就成年的三個大人，在深夜的美術館裡究竟是在幹嘛啊……？

「也就是4÷2=2吧？那，如果是0個蘋果分給四個人的話，一人份又是幾個呢？」

「……0個嗎？」

「沒錯。因為本來就沒有蘋果，所以一人份就是0個。也就是0÷4=0。那麼，四個蘋果分給0個人的話，一人份是？」

「0個。」

「不對。這次雖然有蘋果，可是沒有人。『分給人』這個行為本身就無法成立。」

瀨島自說自話告一段落，抿起嘴得意一笑。

「還是完全聽不懂耶。」

「你這人是怎樣啦！」

大山的反應不如預期，讓瀨島反射報以他那套美國原裝的誇張肢體動作叫喊回應。

「如果0個人就不能分的話，0個蘋果也一樣不能分啊！」

「完全不一樣！搞清楚，如果沒有蘋果，或說是0個蘋果的話，只要有人在，就可以『分給人』啊！『分』是要看人有沒有心要分啊！」

「什麼嘛?是心靈層面的問題嗎?想像這裡有不存在的蘋果,然後我們來分吧,這樣?憑空幻想嗎?好噁喔。」

「數學這鳥玩意兒本來就都是憑空幻想啊!」

這兩個人性格徹底不合,只要見面就老是吵架。話說回來,讓討厭數學的人們也能吵得這麼起勁,「0」這個數字或許真是個惡魔的數字。

當我正這麼想的時候,無線對講機發出聲響。

「剛才在澀谷區立丸岡美術館,遭人散布了疑似警戒對象的藥品!嫌犯已經逃離,被害狀況尚不明確。還請即刻前往現場支援!」

被擺了一道!

我們互相看了彼此一眼,飛奔起來。

Σ

丸岡美術館周圍的狀況很混亂,雖然配備防毒面具的警官與保全等相關人員無人受傷，但卻有三名路過附近的一般市民陷入昏迷。由於重重警力戒備進不了美術館而陷入恐慌的嫌犯，竟不顧三七二十一就地潑灑了藥品Z。而恰巧聚在附近的一群年輕人，在場其中幾個就不幸偶然吸到了毒氣。

畢竟那是只要一百毫升，就可以導致最多約四十個人死亡的藥品。雖然僥倖今天風並不強，但為了抑止被害繼續擴大，警方立即封鎖了美術館半徑五百公尺範圍，可說是難得一見的緊急疏散避難處置。

「我真的……不大記得了。」

身穿紅色運動服，年約三十五的嫌犯，頂著額頭上大粒的汗珠這麼說。警方在事情發生之後三十分鐘，便在距離現場不遠的公寓走廊上逮捕他，並直接帶到警視廳。我們也與嫌犯一起移動，從丸岡美術館回到對策本部。

「手機響起來，我一接，然後就聽見像是機械聲……」

果不其然。這也是黑色三角板事件的最大特徵。

黑色三角板所開發的發訊機，只要施以某種數學式操作，就可以輕易地送出訊號。也就是說，只要看過高木源一郎製作的數學軟體，任何人都可能在他們的彈指之間變身為犯罪者。

只逮捕眼前這畏縮的運動服男子，很明顯是無法徹底破解這個案子的。

但儘管如此，能從男子口中問出這次使用的藥品Z，原本是放在路邊的投幣式置物櫃裡，自己則是在接到指示後才前往取出之類的情報，也還算是收穫。

「失竊的藥品Z，應該還沒有全部用完。」

竹內本部長說完，雙手交錯抱胸。

關於剩餘藥品Z的去向，雖然目前澀谷署的員警們正戴著防毒面具連夜搜索，可是尚未得到任何我們期盼的回報。時間已經是凌晨三點。

「說到澀谷啊，武藤你們去的數學喫茶不也在澀谷嗎？」

大山梓打了個大大的呵欠說道。她好像挺睏的。

「是啊。不過我想，那家店應該是無關的。」

「武藤，你真的這麼想嗎？」

又是瀨島。他雙手抱胸，表情複雜。

「我總覺得那個人不對勁。」

「哪個？」

「叫什麼來著的……啊，對了對了，及川創一。」

瀨島從胸前口袋拿出白天收到的名片。

我試著回想及川創一的長相與米色圍巾，服裝品味相當獨特。的確是個滿特別的人，但我不覺得他會與這案子有關。

「椎名偷了藥品之後，應該還是有到那家店去吧。」

「為什麼這麼想？」

「沒為什麼。」

居然會毫無根據就這麼說，真不像瀨島平常的作風。

大山再打了個大大的呵欠。

「不管怎樣，關於椎名的行蹤，還真是一點都頭緒都沒呢。」

雖然看來欠缺緊張感，但對大山來說，光是要醒著就已經用掉她所有的精神力。

「到底跑哪去了啊。」

當我和瀨島帶濱村渚去數學喫茶卡丹諾的時候，大山則是逐一去向椎名好彥的親朋好友打聽消息。可是，並沒有得到什麼有用的情報。椎名好彥人在哪裡？剩下的藥品Z又在哪裡？這兩個謎題，支配了我們已經遲鈍的腦袋。

嗶嗶嗶嗶嗶嗶！

桌上無線電話的尖銳鈴聲響起。竹內本部長趕緊慌忙拿起話筒。

「這裡是黑色三角板．特別對策本部！」

喊出過高的聲量後，不安的沈默散布開來。

「什麼？……了解。好，立刻派人過去！」

本部長說完話到放下話筒的這段短短時間，我們三個人望著他，心情像是在看慢動作表演般。

沒多久，本部長終於開口。

「找到椎名好彥了。」

的一聲，大山猛然站起身。

「他人在哪裡？」

「在多摩市的山裡。發現時已經死了。」

在深夜，案情急轉直下。

Σ

一個小時後，我們三個人已經身在多摩大學附設病院，對著椎名好彥的遺體前雙手合十。大山靜靜地閉著眼一語不發。她今天一直在尋找的男子，見到面時居然已經是一具屍體。

陳屍地點是一條通往山中的小路旁山崖下。那是條狹窄的山路，聽說也只有當地人才會偶爾經過。屍體是在今天凌晨兩點左右，由出門遛狗的當地居民碰巧發現的。因為狗兒突然吠叫狂奔，之後還停下猛聞草叢，於是自己也向前一瞧，就看見有條人腿突出草叢間。

「這麼晚還出來遛狗啊？」

「這附近是寵物友善社區。因為工作晚回家，在半夜才出來遛狗的人還不少，算是很平常的。」

多摩署的刑警說道。

話雖如此，半夜遛狗卻在山崖下發現屍體還是不太尋常吧。發現屍體的上班族嚇得倉皇失措，立刻衝進附近的派出所報案。

從死者身上的身份證明文件，多摩市警方馬上就證實這具屍體就是椎名好彥，所以隨即就與我們黑色三角板．特別對策本部聯絡。

「是摔死的嗎？」

「解剖前無法下定論，不過，很可疑啊。」

聽瀨島詢問，負責驗屍的法醫不露聲色地這麼回答。

「可疑？」

「是的，請看這塊現場採證時帶回來的石頭。這被認為是造成死者頭部傷口的原因。」

法醫指向的台子上，有塊附著這少量血跡的石頭。表面看來堅硬又凹凸不平，若是摔下時頭部正好往這敲下去，的確是凶多吉少。

「可是，我不認為死者是因為撞到這塊石頭死的。」

「為什麼？」

「請看看頭部的傷口。」

大山與瀨島在法醫身旁蹲下看傷口。我不太擅長面對這種場面。

「這個凹陷處，是圓滑的弧形對吧？」

「糊？」

大山梓好像沒能理解「弧」這個詞。巧的是，這也是數學用語。

「就是這樣，半圓形的……」

「哦哦，我懂了。」

「這是被人造物砸出來的傷口。」

「這表示？」

「死者遭人撲殺之後，為了使其看起來像是失足摔死，又被帶到崖上的山路再推下。這塊石頭，也是在那時刻意留在現場的吧。」

「原來如此。」

大山的睡意似乎已經突破極限，異常清醒認真地聽著法醫說明。

「想想的確很不自然哪。偷走藥品的人，完全沒有交代贓物藏在哪，就失足摔死什麼的……」

「也就是說，兇手另有其人嗎……」

我稍微想了一下，察覺有件重要事項還沒確認。

「說來，推定死亡時間呢？」

其實我問的時候也沒有想太多，但法醫的回答，卻令我大為震驚。

「現在大概是死後七十二小時吧。」

「七十二小時？」

我驚訝地瞪大了眼，但身邊的大山梓則歪著頭。72÷24的心算對她來說好像有困難。

「整整三天嗎？」

怎麼可能。明明第一件案子的案發時間是在兩天前。

「那也太奇怪了吧！」

瀨島也情緒激動。

「這傢伙離開川崎市的研究所，是三天前的傍晚耶！照你這麼說，他可是偷走藥品Z之後，馬上就被人殺了啊！」

「在解剖之前我也不便下定論，但絕不會是這兩天死的。」

真是難以置信……

「椎名好彥打從一開始，應該就只是被利用的吧。」

「是真兇慫恿椎名竊取藥品Z，用手機操控紅色運動服男，讓他到丸岡美術館散布毒氣。」

最初的佐田美術館保全命案，應該也是同樣道理。

「是高木源一郎嗎？」

聽我低聲這麼說，瀨島搖了搖頭。

「高木不會弄髒自己的手，這肯定又是他的部下。而那傢伙手上，還持有剩下的藥品Z。」

總得想個辦法阻止傷亡擴大啊。難道我們真的無法特定藥品Z的去向嗎？

當我們離開醫院時，天已經亮了。

「濱村渚今天會去上學嗎？」

瀨島突然嘟噥了一句。

「當然會去吧，今天又沒放假。」

「不能讓她請假過來一趟嗎？」

瀨島似乎不再抗拒借助她的力量了。

「找她幹嘛？」

「我還是覺得『卡丹諾』有鬼。」

大山沉默不語，瀨島抬頭仰望天空。

「我們今天再去一趟吧。」

$\sqrt{16}$ 藥品Z的所在

「各位辛苦了。」

濱村渚對著幾乎沒睡的我們三人深深鞠躬。雖然今天不用去學校上課，但她還是與平常一樣穿著西裝外套風制服。

我們一聯絡濱村渚，她就很開心地跟學校請了假，拿著警方交付的特別IC票卡坐電車來到對策本部。在等她前來的空檔，我們三人則稍做補眠。

「好嚇人的發展喔。」

濱村渚那有著長長睫毛的眼睛顯露著不安。

「但是，為什麼會覺得卡丹諾有問題呢？在東京都內，應該還有很多和椎名先生有關係的人啊？」

「關於這個呀。」

瀨島一邊將熱咖啡吹涼一邊說。

「本來我也不太明白自己為什麼這麼在意及川創一，不過發現椎名好彥的屍體之後，終於有個底了。」

究竟是怎麼一回事？

「昨天，當我問到關於椎名的事時，及川是這麼回答的。『他好像之前在製造業工作吧。』你記得嗎？」

瀨島轉向我問。

「是啊。我記得。」

「他說『之前在製造業工作』。這講法感覺像是在形容一個已經不在世上的人一樣……讓我很在意。」

的確，或許正如瀨島所說。在我心中，及川創一那穩重的面容，頓時間突然充滿疑點。

「如果，他在那時就已經知道椎名早就死了……？」

「很可疑呢。」

大山也附和。

「濱村，你怎麼想？」

濱村渚稍微想了一下，搖搖頭。

「我不知道。」

就國中生而言，這是理所當然的回答。雖然濱村渚的數學很好，但似乎並不擅長推理。

「可是，如果要去卡丹諾的話，我很樂意一起去。」

說完，她打開放在身旁的書包拉鍊，拿出那本櫻桃筆記本。

「請看看這個！」

我們探頭看她打開的筆記本，左右兩頁滿滿都是看也看不懂的算式。

「天啊！看了就頭痛！」

大山整個人縮成一團。在睡眠不足的上午，實在不想看到這種算式。

「這什麼東西啊？」

瀨島也似乎想移開視線而喝了口咖啡，然後碎念一句。

「這是卡丹諾公式。」

「卡丹諾？」

「啊，不是說喫茶店，是數學家的卡丹諾。」

「這是什麼公式呢？」

「簡單地說，就是能夠做為三次代數方程一般解法的公式。」

「說得還真不簡單啊！」

瀨島回道。我也深有同感。說來，濱村渚寫這公式究竟是想做什麼？

「其實剛才在電車裡，本來想要自己推導看看，稍微試寫了一下算式，結果寫到一半就連自己都弄不懂了。」

她有些不好意思地笑了。

「所以，我想問問卡丹諾的老闆該怎麼辦。」

老樣子。案件其次，數學優先。

此時，從走廊傳來喧嘩吵鬧的聲響，一群沒水準的年輕人出現在對策本部。

「安安喔——！」

領頭的男子頂著一頭只有髮尾脫色成土黃的邋遢長髮，輕舉右手跟大家打招呼。接在他身後，穿著鼻環、理著光頭、帶著香奈兒墨鏡等奇形怪狀的人物們陸續旁若無人地大聲談笑走進來。

「哦！拓彌！」

大山竟然回禮。我和瀨島不禁皺眉……是你叫這些傢伙來的啊？濱村渚大概是被突然闖入的怪人們給嚇到了，神情看來有些畏縮。

「大山姐，這小女生就是傳聞中的那個數學少女啊？」

長髮男開心地打量著濱村渚。

「是啊是啊。小渚，我來給你介紹一下！」

不用說，濱村渚完全搞不清楚眼前狀況。但她如果知道他們是誰，必定會更加錯愕。

「這群傢伙是警視廳鑑識科的第23班。」

日本警界人才實在五花八門。

「我是班長尾財拓彌，還請多！多！指！教！」

尾財擺出宛如饒舌歌手的定格姿勢，伸手想跟濱村渚握手。但因為實在太突然，濱村渚沒有回握他的手。

Σ

之後我們和警視廳鑑識課第23班成員一起來到卡丹諾。

「那啥啊？」

將帽子往頭上前後反戴的尾財拓彌，一進門就注意到惡魔人像。

不用多說，光看那樣子也該明白，23班在鑑識課之中是以粗野無禮出名的。雖然他們在鑑識本行非常優秀，工作精度也不輸給老手，可是言行舉止終究被認為是敗壞警察風紀，平常大家對這群人也是能避則避。但我們特別對策本部由於大山梓跟他們很要好，經常跟23班照面。當然他們也都不例外地讀過高中，也都「機會是均等相同的」可能成為殺人犯，但卻因為大山一句「你看他們這長相像是會數學的嗎？」而決定找他們幫忙。

「是細菌人嗎？」

「是0的惡魔。」

或許是察覺及川創一的臉色難看，瀨島回答尾財。

「能請你配合嗎？」

聽我這麼說，及川的臉色更難看了。

「也就是說，各位在懷疑我？」

「不，只是例行公事。若是找不到任何東西，我們就不會再叨擾。」

及川雙手抱胸。雖說沒客人在店裡，但被警方在營業時間上門搜索是否藏有毒氣，心情鐵定不會太好。況且這幾個警察，竟然還帶來一大群在成人社會裡不受歡迎的年輕人。

尷尬的沈默。

只有尾財自外於其中，一邊撥弄著他的邋遢長髮，一邊好奇張望著掛在牆上的數字天使圖畫。

「呃，有東西想請你看看。」

濱村渚怯生生地打開筆記本給及川看。這讓他的表情產生變化。

「這是……」

「是卡丹諾公式。到完全立方之前，我還能自己導出來，但是到這後面我就搞不清楚了。」

「原來如此。」

看著濱村渚含羞的笑容，及川似乎改變了想法。

「方便的話，還希望及川先生能夠教我。」

及川看了看我們幾個，露出笑容。雖然我也說太不上來，但總覺得數學愛好者們的笑容，似乎有些共通之處。

「你們可真聰明。被她這麼一拜託，我也不得不配合了。」

是在說搜索的事，還是在說卡丹諾公式的事呢？

大山插進來並將及川的話擴大解釋。

「那麼在我們搜索的時候，能請你跟小渚一起到外面去嗎？」

「外面？」

「萬一找到，那東西可是毒氣。我們可不能讓小渚冒這種風險。」

大山亮出防毒面具。面對顯然挑釁的警方態度，及川回以從容不迫。

「真是，看來我涉嫌重大啊。好吧，就請你們找到滿意為止。」

披上放在一邊的藍色夾克，調整一下米色圍巾之後，及川看都不看我們一眼，就逕自走向喫茶店出口的樓梯。而濱村渚抱著筆記本，不安地看了一下我們並點頭致意之後，急忙追著及川上樓去。

約莫一個小時後，能搜的地方大概都搜過了。餐飲店鋪的員工專用空間意外地小，雖然將提供顧客用的業務大瓶裝果汁、酒類等相關液狀物全部都查驗了一遍，卻沒有發現任何毒氣反應。我們也調查了所有棚架與排水口，甚至是把換氣扇都拆開看了，還是沒有發現類似的物質。

「大山姐，啥都沒耶……」

尾財坐在吧台看著天花板。他在可說是鑑識象徵的深藍色帽子底下夾了條髒髒毛巾包頭吸汗的模樣，與其說是鑑識官，比較是像個搬家公司的。

「現在就要休息還太早。」

「咦？」

「你以為我是為了什麼帶你們來的啊？」

這之後鑑識課23班的工作，完全就是搬家公司的業務。從電冰箱、廚房餐櫃到裝飾櫥櫃，所有的大型家具都被他們搬動一遍，搜索範圍遍及牆角。而在更這之後，不只是牆角，就連地板下、天花板夾層也不放過，繼續鉅細靡遺地檢查是否有暗門暗櫃。

但這一切，也全部是徒勞無功。

「已經沒有能找的地方了啦……東西真的在這店裡嗎？」

以尾財為首的鑑識23班紛紛停止動作席地而坐，並且開始發牢騷。每個人的額頭上，都掛著大粒的汗珠。

「真奇怪！明明兇手應該就是這傢伙啊！」

大山憤憤不平的一腳踢飛椅子。瀨島則已經脫下外套，將襯衫袖口挽起到手肘。

「若不在這裡的話，應該放在他家吧。」

「嗯……但及川不是住在品川嗎？」

這是警方剛剛才確認的情報。及川創一是從位於品川區的公寓往返這間店通勤上下班。

「會攻擊丸岡美術館，我覺得應該就表示東西是藏在澀谷啊……而連結澀谷區與椎名好彥的就只有這間店。難道不是這樣嗎？」

大山的語氣漸漸弱化。可能是因為快中午了，睡意又再度向她侵襲也說不定。

「我也覺得東西在這裡。」

瀨島雙手抱胸，陷入沈思。而在他視線前方的，則是那尊惡魔人像。

惡魔用牠裂開到耳朵的血盆大口，嘲笑著被這件瘋狂案子捉弄的我們。連掛在牆上那九張天使的安詳微笑，從現在的我們眼中看起來，也像是在跟惡魔唱和。

不過重新再看看這尊惡魔，還是覺得牠實在陰森森的。保留了塑膠質感的黑色身軀，長有利爪的雙手，則拿著握柄形狀像是「0」的漆黑手杖。

……忽然，我注意到瀨島的目光似乎正被那「0」所深深吸引。

他怎麼了啊？

「尾財！」

瀨島突來的一聲大吼響遍了整間店。而已經累癱的尾財拓彌，則是兩眼無神地望向他。

「幹嘛？」

「有件鑑識工作要拜託你。」

他的眼神裡，似乎有著十足的信心。

Σ

奶油培根義大利麵。大量使用雞蛋與鮮奶油，在睡眠不足之時會想避免攝取的重口味義大利麵。

面對這樣的奶油培根麵，大山卻好像是在吃蕎麥麵似地，大聲吸麵吃得超帶勁。

「真好吃！」

我和瀨島則是吃三明治，而且還點了最小尺寸的。

這裡是距離卡丹諾不遠的義大利餐廳。雖是午休時間，但店內也並不算擁擠。我們讓鑑識23班回警視廳之後，決定先到這來吃頓午餐。

濱村渚右手頂著叉子讓它直直插在番茄肉醬麵裡，左手則撥弄著瀏海，一臉滿足地看著桌上打開的筆記本。比起上午見到的內容，還要更為複雜的算式落落長寫滿頁面，光是這樣看著就感到憂鬱。

「你覺得呢，武藤先生？」

視線仍不離筆記本的她，問我。

「覺得什麼？」

「這個公式啊。你不覺得這很棒嗎？」

我哪知道啊。我看了瀨島一眼，他好像仍在意著鑑識結果，心不在焉。

「只要有這個，就可以解開所有的三次方程式呢！」

「是喔……」

雖然我們沒找到藥品Z，但她似乎找到了她要的。

「剛剛，及川先生告訴我一件事喔。」

聽到及川兩字，讓我回過神來看向濱村渚。或許是與案件有關的情報。

「這個公式，似乎不是卡丹諾先生發現的呢。」

我錯了。在她的心中，終究只有數學。

「卡丹諾先生好像是把別人所發現的解題概念，用自己的名義擅自發表出去的。」

「也是有這種混蛋數學家啊。」

瀨島邊將手伸向紅茶邊回應。

「啊。可是，卡丹諾先生在這之外還做了很多事喔。像是開創『機率』這個研究領域的人，就是他呢！」

「哼，因為他根本是個賭徒吧？」

瀨島嗤之以鼻，顯然鄙視地說道。

「哎呀，瀨島先生很清楚啊。」

我想起對策本部辦公室裡那本關於數學家的書，裡頭好像有提到卡丹諾。但是，這都似乎無助於案情。

噠的一聲，大山突然起身。她手上拿著空空的咖啡杯，大概是要去再添一杯——這間店的飲料是喝到飽的。

「啊，我也要。」

濱村渚將杯底所剩的少許柳橙汁喝完，拿著玻璃杯站起來。我的紅茶也剛好快喝完，所以便跟她們一起去。

「喂，這只剩一點點了耶。」

看到裝著柳橙汁的飲料機，大山梓嘟囔說。因為飲料槽是透明的，槽裡還剩多少果汁是一目了然。的確，看起來量很少。

「其實還有很多啦。」

濱村渚邊裝果汁邊說。

「雖然飲料高度只有3公分左右，但槽的寬目測大概15公分、長大概

35公分吧。這樣算來有1575立方公分。」

「那是……多少啊？」

「換算成公升是1.575公升呢。」

「真的假的？」

看起來是沒有那麼多。但是，我不認為濱村渚的計算會有錯。

「因為液體是可以自由變形的呀。」

濱村渚一說完，隨即又好像是想通什麼似的，睜大了她那有著長長睫毛的雙眼。

「怎麼了？」

「請問武藤先生，被偷的液體瓦斯是幾公升呢？」

「記得應該是4.5公升吧？」

「4500立方公分……天呀，這不是9的倍數嘛！」

她到底是在興奮個什麼……

「那個液體瓦斯有顏色嗎？」

「應該沒有顏色吧。聽說外觀看起來跟水一樣。」
「果然是這樣。」
濱村渚開始往我們坐的位置移動。我與大山雖覺得莫名其妙，但仍小心不讓杯中咖啡灑出，趕緊跟過去。
「是怎樣？」
「我知道了。」
「咦？」
「我知道藥品Z藏在哪裡了。」
她露出微笑，站在原地喝了一口柳橙汁。

√25 與惡魔的約定

當我們再度走進卡丹諾時，坐在吧台席的及川創一顯然滿臉不悅。店裡仍舊沒有其他客人。

「不是說不會再叨擾嗎？」

他正眼也不瞧我們一下。瀨島毫不妥協地到吧台坐下，傾身向及川。

「事到如今，我們也是不得不叨擾。」

「你這什麼意思？」

及川這一問，瀨島立刻伸手指向店裡深處。坐在那裡的惡魔，手上拿著漆黑的手杖。而手杖的握柄，當然還是那散發黯淡光芒的「0」形金屬。

「什麼？」

「剛才搜索的時候，我們開模取樣了那個『0』。」

「我們家的鑑識人員拿它去跟椎名好彥頭上的傷口比對之後，發現形狀是一致的。」

「……」

「看來，椎名遭那支手杖毆打致死的可能性非常高。」

「哼……」

及川創一詭異哼笑一聲，起身走向惡魔。

「因為凶器在這間店裡，就認為我是兇手嗎？」

及川像是從惡魔那有著長爪的漆黑之手奪下般地拿起了手杖。這動作讓我不禁為之警戒。不過，感覺他並不打算對我們動手。

「像這種形狀的東西，應該到處都是吧？」

「…………」

「而且我不是說了嗎？椎名好彥找到工作以後，我就沒有再見過他。」

「你是要說，這間店跟案子無關嗎？」

聽瀨島這麼問，及川把玩起手上的手杖，點了點頭。他品味獨特的裝扮加上細瘦的體型，與那漆黑手杖很相稱。

濱村渚靜靜翻著她的櫻桃筆記本，接著將其攤平在吧台上。

「來談一下容積吧。」

及川創一就這麼拿著手杖過來看筆記本，似乎頗感困惑。筆記本上寫著幾個不久之前，還在小學高年級課程範圍內的含小數點乘法計算式。

「如果有內側長50公分、寬50公分，而厚度只有2公釐的薄薄水槽——它的容積是多少呢？」

濱村渚拿著粉紅自動筆在紙上寫著式子。

「50×50×0.2等於500立方公分，換算成公升則是0.5公升。」

「…………」

「一個薄水槽可以裝0.5公升的液體。被偷的藥品有4.5公升，如果有九個這種薄水槽，就能全部裝下了吧。」

「我不懂你想說什麼……站在那邊的警察先生小姐們剛才不也已經證明了嗎？這間店裡並沒有那種藥品。」

「與其說是九個，不如說是九張比較正確。」

濱村渚用她水汪汪的雙眼注視著及川創一，伸手指向牆壁。

各自懷抱數字1到9的九位天使，在牆上的九個畫框之中展露著溫柔的笑容。

「那個畫框大概是50×50吧？鑲在上面的玻璃與圖畫之間只要有2

公釐的縫隙，就能輕鬆隱藏4.5公升的液體。而且，藥品Z還是無色透明。」

店裡氣氛閒靜，但及川的表情卻整個僵硬。

「……你們想檢查畫框是嗎？」

「如果方便的話。」

看濱村渚露出微笑，及川低下頭，發出略帶自嘲的冷笑聲。

短暫的沈默。

然而接下來的場面，則遠比我們所預期的更為平和。

「這個點子，我覺得還滿不錯的說。」

是自白。

「你也是黑色三角板的一員嗎？」

我問。及川緩緩點頭示意，然後拿著手杖，拿了張椅子坐下。

「我和椎名都喜歡數學，之前就在這間店裡認識。我們對於畢達哥拉斯博士反對教育改革的主張感到贊同，所以便加入了黑色三角板。而為了表達反對加強推行藝術教育的理念，提案在美術館散布毒氣的，則是椎名。」

「什麼？」

真是令人意外。及川繼續說。

「被分發到小柴製作所防毒面具製造部門的椎名，利用自己可以輕易取得藥品Z這強大殺人毒氣的立場，跟我說他想用這毒氣來進行活動。我一聽也覺得可行，於是向上呈報組織，很快這作戰便獲准實行。」

「為什麼殺了椎名？你只是利用他嗎？」

「不……。」

及川說到這，停頓了一下。

「事到臨頭，那傢伙卻退縮了。」

「咦？」

「他結結巴巴支吾著『還是停手吧』。我想跟他說再多也沒用……」

及川拿著的手杖上那0形握把散發黯淡光芒。

「所以我當場殺了他，決定由我一個人行動。」

「…………」

「雖說是『我一個人』，但其實我手上有發訊機，所以並不需親自動手。不過，毒氣就得由我自己來管理就是了。」

「當椎名說想停手的時候……」

大山梓開口。

「你難道沒想過要停手嗎？」

「停手？」

及川笑得冷酷。

「為什麼要停手？只要針對美術館散布毒氣，美術館就都得關門。政府也會因此重新思考一昧推行藝術教育、迫害數學教育的方針是否正確才是。這麼好的點子，怎麼能夠不去實行，反將其埋沒呢。」

及川一腳踢倒椅子站起身來，高聲狂笑。像是摧毀至今醞釀的沈穩氣息般，及川露出了他是為殺人魔的真面目。那因為對於數學扭曲的愛情造成的瘋狂姿態……！

「卡丹諾最有名的，就是剽竊他人創意啊！」

及川喊道。然後便揮舞著手上的惡魔手杖，將店裡桌椅砸得亂七八糟，一臉凶相地向我們衝過來。

在我們後退的那一瞬，及川突然一百八十度轉身，接著就往店內深處衝過去。不好了！那裡是……！

啪鏘！玻璃碎片四散！

我急忙用雙手演住口鼻。及川竟然用手杖握柄打破了覆蓋「9」之天使的玻璃！那玻璃可是裝了藥品Z的水槽啊……！

「哼哼哼，安心吧。這裡裝的藥品已經用在丸岡美術館了。」

及川的殺氣絲毫不減。

「好了！你們都給我出去！我可是認真的！」

在他閃爍的眼底，我看見了惡魔。

「或是，你們想目送厚顏無恥的卡丹諾最後一程嗎？」

及川興奮過頭，完全已經自暴自棄。他想死！

要是他又像剛才那樣打破裝著藥品Z的水槽……這整棟大樓，不，就連大樓周邊都會毒氣四溢，不只是我們，還會波及無辜的一般民眾。

不能讓恐怖攻擊的被害範圍再擴大了。

但情況幾乎不給我絲毫思考的機會，只見及川猛然高舉惡魔手杖，準備往「8」的天使畫敲下去！

「不可以！」

不知何時竟然跑到及川面前，還喊得這麼大聲的是……我們的數學少女·濱村渚。

從粉紅色髮夾稍微滑落的幾縷瀏海，遮住了她有著長長睫毛的眼睛。

在不尋常的氣氛之中，濱村渚雖也激動，但還是拿出她的算數筆記本，打開給已經化為惡魔的及川創一看。

那是她在我們第一次來到這間店時寫下的筆記。寫了個「÷0」之後，又在上面打了個大叉叉的那一頁。

——這是怎樣？

在除了濱村渚以外所有人都一頭霧水的情況下，她聲音顫抖地說道。

「不可以用0去除。」

——啥？

及川仍高舉著手杖，卻停下了動作。

從我的位置只能看到他的背影，但是我很清楚，及川的表情起了變化。

「不可以用0去除。」

濱村渚又再說了一次。這次聲音稍微平穩了些。

——原來是這樣。

高高在上的惡魔之「0」。純真微笑的天使之「8」——的確，現在及川想採取的行動，就是要用「0」去打破「8」——把「8」除以「0」啊！

「絕對不可以除以0——這是我們人類與惡魔彼此的約定，是數學史上最為重要的約束之一。」

及川舉著手杖的手開始發抖。

「你難道要打破……與惡魔的約定嗎？」

濱村渚那真摯的眼眸……這或許就是對數學的誠摯吧。

她的表情似乎打動了殘留在及川創一心中對於數學的愛情——說來也是理所當然。原本會來到這間數學喫茶的訪客，應該都是像濱村渚這樣，純粹喜愛著數學的人們。

惡魔手杖從及川的手上滑落，掉在地上時發出了無機質的冰冷聲響。

大山與我衝向前，從兩側架住及川。不過，他似乎也無意再反抗。

「本來我認為……最近的中學教育已經是毫無意義……」

及川創一喃喃低語，欲言又止。

「……但也有這樣才華洋溢的孩子哪。」

Σ

當晚，高木源一郎又上傳影片到「Zeta Tube」。濱村渚則已經回家了。

「我對這兩個部下並沒什麼期待，但也沒想到他們會這麼沒用。」

一開口就是數落。

「不過，相信已經讓各位明白我們的用意了。就是要各位別再推行那些去除了數學概念、無聊無趣的藝術教育。只要你們不接受要求，我們就不會放棄攻擊。另外我們也瞭解到——」

墨鏡下的冷漠雙眼瞇起奸笑。

「像這兩個部下一樣贊同我們思想的人，意外地還滿多的。哼哼，真是大有可為。看到這影片又熱愛數學的人們啊！請務必盡力協助我們！讓我們共同攜手，建立美麗的數學國度。」

影片定格在高木源一郎握拳高舉的畫面之後，就結束了。

無法從及川創一口中問出高木元一郎的居所，他的行蹤仍舊成謎。不曉得這個恐怖組織的大頭目究竟在哪裡。

「開什麼玩笑。」

竹內本部長雙手抱胸，表露他沉靜的憤怒。

「今天可以回去了嗎？」

打了個大大的呵欠之後，大山梓問道。

「當然可以。謝謝你們，辛苦了。」

竹內本部長十分體諒我們的辛勞。

「要謝就跟小渚謝吧。這次也像是因為有她在才破了案的。」

「的確。感覺最後都被她整碗端走了。」

我苦笑著說。瀨島則似乎不太高興地哼了一聲。

「我們現在最該注意的……」

我與大山看向瀨島。又是那副惹人厭的菁英表情。

「或許是不要太依賴那傢伙吧。」

「什麼嘛！說要叫她來的不就是你嗎？」

「這次是這樣，但你們想想看。」

瀨島斜眼瞪著我們。

「要是那女孩倒戈成了敵人，我們根本無法招架啊。」

話是這麼說……

「那不可能啦。」

我與大山對瀨島的顧慮付之一笑。

千葉市立厤砂第二中學二年級的濱村渚——她已經是我們可靠的伙伴了。

log1000.

『失算』

1 費氏的迷途羔羊

「在下是奈良縣警，名叫做西村。還請大家多指教呀。」

出現在約好碰頭的百貨公司二樓噴水廣場，一開口就是關西腔的他，讓我們都愣住了。

從抵達新大阪車站時起，由於錯身而過的人們都說關西腔，總覺得有種異國情調。明明同是在日本國內，僅僅因為用語跟節奏不同，就帶來了文化衝擊。

「我是警視廳黑色三角板．特別對策本部的武藤龍之介。」

「噓——！」

西村伸出食指堵在唇上。

「不知會有誰在哪裡偷聽呀。」

說來也是。畢竟我們人在大型百貨公司，身邊都是人來人往。就算不是黑色三角板相關成員，如果被一般市民察覺我們是為了黑色三角板的事來到這裡，或許會引起騷亂。畢竟黑色三角板是現在最為驚動日本的數學恐怖組織。

「我是大山梓。」

大山小聲地自我介紹。瀨島直樹這次和本部長一起留守東京。

「那麼，那個……千葉的數學少女呢？」

「那個啊……」

我們不知該說些什麼。

我們的數學少女．濱村渚她……一來到這就走失了。

跟西村約好在二樓的噴水廣場見面。從一樓入口走進百貨公司時，她還跟我們在一起。但進了電梯，到達二樓的瞬間，就只有濱村渚忽然不見了。到處找她卻還是找不到人，然而畢竟跟西村有約，我與大山只能先回到噴水廣場與他碰頭。

「這樣的話……」

聽我們說完，西村看似擔心地皺起眉頭。他年紀大概有過四十五歲吧。

額頭皺紋還蠻深的。

「那妹仔該不會被人綁走了吧？」

「不會吧！」

說是這麼說，其實我們心中也正開始擔憂這種可能性。因為這次出差要來處理的，就是關於某個人物的綁架案。

「要出動縣警嗎？」

「哦不，不……不用那麼高規格吧。」

「才不是啥高規格啦。」

西村不容分說，即刻否定。

「長野的連環殺人案跟東京的毒氣事件，都是她解決的吧？黑三那邊要掌握了她的情報，也是很正常的啊。」

黑三……大概是指黑色三角板吧。

「是這樣沒錯啦……」

「還不快走呀。會出大代誌喔。」

關西人真是性急。不過就目前的事態看來，情況或許正如他所說，已經刻不容緩。

就在此時，百貨公司店內廣播響起。

「各位來賓請注意，館內有人走失。」

連店內廣播都是關西腔。

「大山梓、武藤龍之介這一對講東京腔的成人男女似乎走失了。若是有來賓看到他們，或是兩位自己聽到廣播，還請速速到地下食品賣場，那裡有人等候。」

我與大山面面相覷。西村則是苦笑。真是丟人。

「你兩人被當成走失兒童了呀。」

雖然多少有心理準備，但想不到旅程才開始，似乎就前途多難。

Σ

黑色三角板，是由自稱畢達哥拉斯博士的數學家，高木源一郎所統領的數學恐怖組織。他們恐怖的地方，是能夠輕易地使一般市民成為恐怖攻擊的道具——因為高木在自己參與開發，近二十年來作為全日本的高中、補校和補習班基本教材廣泛使用的數學教學軟體裡，埋入了施加事先催眠的訊號。這使得曾經看過那軟體的人（高中生到現在四十歲左右成人的幾乎所有人）都有可能由於手機傳來的訊號遭到催眠，在無意識之中犯下殺人大罪。

而說到數學相關人士是否全都看過高木的教學軟體，倒似乎也有極少數的數學家從沒看過。那麼，與其是將對抗黑色三角板的重責大任交給國中生，更應該要請求這群數學家的支援才是。可是……我們卻做不到。因為那種數學家們大多是無法預測其言行的人物。說白些，就都是些怪人。

這次的案件，便是跟那樣的怪人數學家之一有關。

「奈良理科大學教授．四日市潔。」

欠缺梳理而蓬亂如麻的蒼蒼白髮，鏡片下方缺了一角的眼鏡，小小嘴唇旁邊的深深皺紋則像田畝般一條又一條。嘴角雖然像是在笑，但眼角卻一絲不苟……還是眼神空洞呢？說不上來，總之是奇妙的表情。

儘管只是顯示在黑色三角板．特別對策本部室的電腦螢幕上的照片，也可以感覺得到四日市教授的氣場絕非普通人。

「他幾歲啊？」

「好像是七十五。」

竹內本部長邊咬下煎餅邊回答。

「也是好一把年紀了。」

「不過，似乎是聲名遠播的世界級數學家哪。」

的確。看四日市教授的履歷，「解決××問題」、「證明××定理」、「創始××函數」等等想必是相當輝煌的業績，就宛如繁星般羅列之上。

而如此偉大的四日市教授在近日內，將會遭到黑色三角板關西支部襲擊的消息——則是日前由資深刑警抓到的恐怖攻擊未遂犯，在偵訊時所吐露的情報。不過雖說是「襲擊」，他們也並不是要教授的命，而是打算綁架他。

這表示對組織而言，四日市教授是縱使將其洗腦也要招攬為伙伴的人才。

於是，這次肩負起四日市潔教授特別貼身護衛的使命前往奈良的人員，則有我——武藤龍之介，還有大山梓，以及已經可說是對策本部支柱的數學超強國中女生濱村渚。

「奈良縣啊，我還沒去過呢。」

濱村渚笑容滿面。一定是又能跟學校請假所以很開心吧，我想。

Σ

就如店內廣播所述，濱村渚人在地下食品賣場等著我們。

「小渚！」

大山出聲喊道。她回過頭來，嘴角抿著微笑。由於今天是出遠門，濱村渚並沒有穿制服，而是穿著水色的襯衫、靛藍牛仔褲與白色球鞋。作為她獨特標誌的粉紅色髮夾，一如往常固定在左邊瀏海。右手緊握同樣是粉紅色的決勝自動筆，左手則拿著那本櫻桃圖樣封面的算數筆記本。

……又是數學啊。

「大山小姐、武藤先生，你們做了什麼啊？怎會兩個人一起迷路呢。」

「我們才想問你呢。」

在我們身後，西村忍著不笑出聲來。

「小渚才是在幹嘛啊？」

「請你們看看這地板。」

眼前是人們匆匆往來的食品賣場地磚走道。看起來只是紅白相間的地磚鋪成的普通地板……

「什麼啦？」

「請只要看這一列就好。」

濱村渚指著位在蔬菜櫃位和水果櫃位之間的長長一列地磚。我看不出來有什麼特別的，是要看花紋嗎？

「請看這地磚的排列，在白色旁邊一定會是紅色。雖然紅紅會相鄰，但絕對不讓白白相鄰。」

仔細看，的確是如她所說。

「那又怎樣？」

「這讓我很在意，所以就寫出來算算看。用這個規則來將n塊地磚排成一列的時候，會有幾種排列方式呢？」

這國中女生真是能隨時隨地給我們出難題。購物中的關西人們，也紛紛向我們投以猜疑眼光，匆匆路過離去。

「如果只有一塊地磚，那麼就有『紅』、『白』兩種排列。兩塊地磚，則是『紅紅』、『紅白』、『白紅』三種排列。三塊地磚，就是『紅紅紅』、『紅紅白』、『紅白紅』、『白紅紅』、『白紅白』五種排列。這樣一直排下去……」

不知是假裝沒發現，還是真的沒察覺我們的無奈，濱村渚很開心地翻開她的筆記本給我們看。

筆記頁面上畫著幾個樹狀圖，旁邊寫著「2、3、5、8、13、21……」的數列。

「對吧？」

「對不起，完全看不懂。」

聽大山這麼說，濱村渚握著自動筆，豎起食指回道。

「是費氏數列（Successione di Fibonacci）喔。」

「嗯？」

「實際上應該要從1、1開始才正確就是了。」

她的自動筆流利地在紙上寫下數字。

「這是將前兩個數字相加，做為下個數字的數列。」

隨著數列越來越長，我也漸漸看懂了那個數列的意義。

也就是先定下第一、第二個數字為「1」，接著第三個數字「2」是將這兩個1相加，第四個數字「3」是第二個1與前面的2相加，而第五個數字「5」則是將前面兩個數字2與3相加……以此類推而形成的數列。

「1、1、2、3、5、8、13、21……」

「是義大利的費波那契先生研究出來的，所以叫做費氏數列。」

又是義大利的數學家……突然，我想起了西村的存在，回頭只見他一臉目瞪口呆。超乎尋常的數學少女當前，他似乎也不知該說些什麼才好。這是很正常的，我們一開始也是這樣。

「是喔，那又怎樣？」

只有大山梓總是不受影響。

「把它記起來會比較好喔。這個數列不只是在數學世界中，在自然界裡也常常會出現呢。」

「是嗎？」

「比如說這個。」

濱村渚拿起了擺在一旁水果櫃位的鳳梨。

「請看看這形狀。你看，從這邊轉呀轉呀數過去，繞了八圈吧？」

濱村渚用食指沿著鳳梨皮的鱗目在果實表面上繞圈，的確繞出了一個由八個圈構成的螺旋。

「然後，這次換另外一邊數過來囉？」

依照相同要領，從與剛剛的螺旋相交錯的方向，她的手指又在鳳梨繞了幾圈……而這次的螺旋竟然又是十三圈。

「對吧？8與13，兩個都是費氏數列的成員呢。」

沒想到鳳梨皮上還隱藏著這樣的秘密，要說不可思議還真是不可思議。說來，講到數字卻用「成員」來形容這點，還真有濱村渚的風格。

「是喔——」

大山梓仍無法體會費氏數列的不可思議。西村從她的身後探出頭來。

「雖是有所耳聞，但真是百聞不如一見呀。」

「呃……」

因為陌生人出現，瞬時進入羞澀怕生模式的濱村渚。一離開數學話題，就會露出她還未習慣與大人應對的國中生這一面。為了讓她安下心，我開口向濱村渚介紹西村。

「這位是奈良縣警的西村先生。」
「啊。我是濱村渚，是千葉市立麻砂第二中學的學生，今年二年級。」
「還請妹仔多指教呀。」
濱村渚似乎與我們一樣，也不太習慣關西腔的調調。在報以西村生硬的笑容之後，像是想尋求援助般地面向我。
「武藤先生，要不要買這個鳳梨當伴手禮呢？」
「咦？」
說來，我們完全沒準備能給四日市潔的伴手禮。
「喜愛數學的人一定會喜歡的。」
是這樣嗎？
想想的確也是，就剛才的費氏數列小故事聽來，或許會喜歡吧。
「而且，鳳梨還是……」
還有關於鳳梨的數學小知識嗎？……說實話，我已經不想知道了。
「我很喜歡的水果喔。」

濱村渚微笑說道，然後闔上了她的櫻桃筆記本。

1 事件

奈良理科大學的校園位在從市區開車一段路可達的郊外。講好聽是市區郊外，其實只是被群山包圍的鄉下村落。不過郊區的大學通常也就是這樣子。

來到數學系的研究大樓，在走廊上看到三名男女並肩站成一排，像是做壞事被罰站的小學生。三個人都很年輕，應該是助理或學生吧。而他們面前的研究室門上，則確實掛著「四日市潔」的門牌。

「教授還在算喔。」

說自己叫稻石昇平的二十多歲男子這麼說著，一邊靈巧地玩著拿在右手的劍玉。關西腔加上劍玉……這組合也太有個性。

「不能進去嗎？」

「亂闖可是會被臭罵一頓的。」

站在稻石身邊，瀏海長到遮住鼻頭的江川花子抹抹鼻子，點了點頭表示同意。據說是稻石介紹進來的研究生，也是個沈默寡言的女生。

「各位認識教授嗎？教授是位相當古怪的人，一旦開始思考，是沒辦法說停就停的。」

第三個人，也是最為年長，身披白袍的女性這麼說。她叫做後藤櫻。說是最為年長也不過三十出頭，是位與她的長髮和細邊黑框眼鏡極為相稱的美人。而讓我最開心的是，她開口說的是國語不是關西腔。

「若是在他思考時找他說話，是會激怒他的。他本人的說法是『會打斷思考的鎖鍊』……」

「是個正港大怪人喔。」

稻石呵呵笑。後藤用手肘輕輕撞了他側腹示意警告。這一撞讓稻石手中劍玉的球自劍尖滑落。

「啊，對了。這是禮物。」

濱村渚拿出剛才買的鳳梨交給後藤。大概是覺得她年紀最大吧。

「謝謝你，濱村同學。」

「不愧是數學少女，妹仔很會喔！」

稻石將劍玉往牛仔褲的後口袋一插，伸手把鳳梨搶了過來。

「花子！你看你看，是王梨呀。」

江川花子默默地用手指沿著鱗目分布畫螺旋。

「幾圈幾圈？」

「8。」

「費波那契萬歲！給我給我，讓我來確認一下13响。」

研究數學的人收到鳳梨，還真的會先確認費氏數列的存在……話說回來，稻石的重度關西腔真讓我受不了。

「後藤小姐來自關東嗎？」

或許是對後藤的國語感到親近吧，濱村渚抬頭看向她，還問了這個我也有點在意的問題。

「不。我是大阪人，可是我在東京念大學。研究所又到奈良……啊，你是注意到我講話沒腔調嗎？」

「是的。」

「我喜歡東京人講的標準腔呢，條理分明的。」

很數學家的理由。

「講這什麼話喔，櫻姐。那樣講，意思是說關西腔跟數學不合咰？」

稻石把鳳梨交還給江川，笑著來找碴。

「我可沒那麼說……」

「我們可是一直在關西努力過來的捏！對不對呀，花子？」

江川沒有接話，這回她數起鳳梨上半部的莫名部位。

「你在幹啥啦！你是沒身為關西人的自尊咰？你不是來自京都嵐山嗎？不是紅葉勝地嗎？」

看來他只是想要別人問他哪裡來——於是我只好問了。

「稻石同學，你是哪裡人呢？」

「我來自青森。」

咯噠！我們身後傳來大得有點做作的聲響。一直默默聽我們說話的奈良縣警西村，故意跌了個四腳朝天。

「你看你看，那個就是正港關西人的反應。」

「那還用說捏。」

西村與稻石兩人對視，會心一笑。後藤則嘆了口氣。

「明明就是兵庫人，還開這種玩笑。你就是這點沒條沒理的哪。」

「意料之外的耍寶，帶來既定成規的調和，這可是非常數學的呀。數學少女，好好學著點啊！」

面對自己的單純一問帶來的快節奏超展開，濱村渚只是被嚇呆在一旁。關西腔大概永遠不會被寫進櫻桃筆記本吧。

就在此時，研究室的門緩緩開啟，現場瞬時鴉雀無聲。

門內昏暗的研究室。

短暫的寂靜之後，一個身形瘦小的老人伴隨啵通啵通的聲響走出來。絲毫看不出梳理跡象的白髮，爬滿皺紋的臉龐……是四日市潔。

「教授，計算結束了嗎？」

後藤一問，四日市教授缺角鏡片底下的目光落在她身上。

「傷腦筋，得去找森本商量。」

說完，教授又啵通啵通向前走。我想這腳步聲實在奇怪，於是便往教授的腳邊一看，結果差點笑了出來。

明明是空中沒有一片雲朵的大晴天，教授卻穿了一雙顯然太大的雨靴。而且顏色還是螢光黃，跟他樸素的襯衫褲子一點都不合。

這也是關西人的幽默嗎？我總之望向稻石，但卻看到他正恭恭敬敬目送教授離去，神情嚴肅。看著稻石那副表情，甚至能窺知他心中的敬畏之意。看來四日市潔這位數學家，真的是個了不起的人物。

彷彿是在主張自己對名聲之類毫無興趣一般，老教授腳踏完全不合腳的塑膠雨靴，啵通啵通地往外走去。

Σ

「這些計算，都沒不對的嗎？」

「嗯……等一下喔。」

站在入口看研究室，左邊是書櫃，右邊則是張大黑板。在那黑板上頭，寫滿了筆跡潦草的奇妙算式。之所以會用「奇妙」形容，是因為那些算式裡除了數字跟f或z之類的英文字母之外，也使用了「皮」、「木」等等簡單卻看似漢字的記號。但不管有沒有漢字，反正我都看不懂。

稻石一邊甩接著劍玉一邊檢視著黑板上的算式，後藤櫻則坐在桌前，用原子筆在紙上振筆直書。感覺她似乎是正在重新將四日市教授寫在黑板上的算式再計算一遍。

「都是些沒看過的記號呢。」

濱村渚無奈回頭看我。西村與大山去護衛四日市潔散步，我與濱村渚則跟著其他人進了研究室。

「那是當然的呀。那些記號只有這個研究室有在用啊。」

稻石嘿嘿笑著，把球插上劍尖。

「真的呀？」

「為了不給別人知道研究內容呀，只有我們看得懂那些記號。」

「啊……教授這裡算錯了。第四行的最後，分母不是32，應該是35。」

後藤拿起原子筆指向黑板一處，此時江川花子正好捧著一盤切好的鳳梨進來。稻石瞥了江川一眼，又將視線轉回黑板，找尋後藤指出有錯的位置。

「嗯……啊！真的耶，教授這裡算不對。哎喲我的天，櫻姐你已經算到這裡了啊！計算速度還是十分驚人。」

稻石拿起板擦，擦去四日市教授的計算錯誤之後補上正確算式。濱村渚一臉震驚。

「可以自己這樣改嗎？」

「儘管開口。教授年紀也大了，近來算錯的明顯增加啊。要是教授願意交給我們幫忙算就不會有啥問題，但他人就嘛很古怪呀。」

「所以像他今天這樣出去散步的時候，我們便會趁機進來偷偷修正。」

「說啥我們啦，找出錯誤的幾乎不都是櫻姐嗎？跟櫻姐比計算能力，我們根本連車尾燈都看不到嘚。」

稻石從江川手中接過牙籤，插起鳳梨送入口。

「教授說的那位森本，也是這研究室的成員嗎？」

被我這麼一問，後藤似乎有些訝異。

「呃，那個……剛剛教授不是說『要去找森本商量』嗎？」

「森本直到去年都還待在這個研究室，跟我同一屆。」

後藤推了一下眼鏡答道。

「進了今年，森本就到德國去了。畢竟這國家對於數學的批判聲浪越來越大，研究經費補助似乎也要被腰斬。」

「那教授是要打電話去跟他討論嗎？」

「啊，不是的。森本同學是深得教授信賴的人，所以雖然他去德國了，但教授好像還是會在散步思索問題時，在腦中與森本同學對話。偶爾還會講出聲來，甚至破口大罵腦中的森本同學。」

「就嘛很古怪摸……你有看到他穿雨靴吧。」

稻石插進來說話。

「啊，我的確有些在意。」

「說是雨靴聲最不容易在腦中迴響呀。教授還說如果走路時有聲音在腦中迴響的話，會妨礙思考啥的。」

真是超乎想像的怪人。完全能理解為何無法請他來對抗黑色三角板。

「是喔——」

讚嘆著四日市教授的怪人小花絮，滿嘴鳳梨的濱村渚滿心歡喜。哪天她會不會說自己也要穿雨靴之類的呢？

嗡嗡——好像有什麼聲音。

「嗚哇！」

濱村渚似乎看到了，不禁叫出聲。

「怎麼？」

「是蜜蜂！呀啊啊——！」

「不要緊的啦！不要亂動就不會螫你的呀！」

在我跟著濱村渚揮趕蜜蜂之時，稻石、後藤、江川三人卻是非常冷靜。

「隔壁的農學院有人在研究蜜蜂，常常會飛過來。」

「反應不要那麼大會比較好啦。蜜蜂還有停在我的手上好幾次，一次都沒螫過我的。」

「是什麼樣的研究呢？」

「說啥蜜蜂飛越遠產出的蜂蜜就越甜之類的，就怪里怪氣的研究咩。」

「才不是那樣呢。」

傳來細小的聲音。是寡言的花子在說話。

「比起數學，那對社會有幫助得多了，是了不起的研究呢。而且，人家不是還常常送蜂蜜給我們麼。」

跟稻石那捏來摸去的關西腔不同，江川講的聽起來就文雅有禮，這大概就是所謂的京都腔吧。

稻石哈哈大笑。

「說的也是啦！我們的研究真是完全沒路用的捏！」稻石又把玩起劍玉，發出喀喀聲。就在這一來一往之間，蜜蜂也不知飛到哪去了。

「稻石先生，您在做什麼樣的研究呢？」濱村渚好奇地問，而我則是面有難色。這傢伙一定會很得意地說些我聽不懂的東西，而且還說個沒完沒了吧。

「研究這個！」

「劍玉嗎？」

「比如說，為了讓球插進劍尖，球與整隻劍的最佳尺寸比率是多少？而球與球洞大小又是如何呢？之類的呀。」

「那不是物理學嗎？」

「物理學者懂個鬼？不是有句話說『物理學對於物理學家們來說太難了』嗎？那可是希爾伯特大師的至理名言捏。」

稻石說了些莫名其妙的話，嘻嘻笑了幾聲後，又接著繼續說。

「我現在最熱衷的，是劍尖跟手持處的長度比例。我猜想這答案或許是黃金分割也說不定喔。」

「這裡……與這裡的尺寸嗎？」

「是呀是呀。聽了可別嚇到捏，我預測最容易讓球插進劍尖的長度比，或許會符合指數函數曲線喔！而且球繩所呈現的軌跡，應該是跟自然對數的底數e有關捏！」

「好棒喔！劍玉真是數學的縮圖呢。」

果然，全部是我聽不懂的東西。但是濱村渚卻聽得眼睛發亮。

「你很識貨嘛！數學少女！我將這命名為『稻石昇平的夢想』！」

「稻石，適可而止。」

後藤只用一句話，就讓稻石安靜下來。不愧是這個研究室的大姐大。

「要繼續驗算了。」

「歹勢。」稻石慚愧地抓抓頭，回到黑板前。濱村渚像是要模仿他般，態度嚴肅地看著黑板。

就在此時。

「歹勢歹勢！聽說有警察的人在這研究室！」

一名身穿白色外套，看似學校職員的人倉皇失措地衝了進來。

「啊，我就是。」

「有兩個人倒在這後面的步道！雖然還有呼吸，但叫不醒呀！」

我立刻衝了出去。

殊不知那時候，四日市教授已經被人綁走了。

Σ

倒地的兩人則是西村與大山。另一名學校職員聯絡了醫學院附設醫院，院方派出救護車將他們儘速送醫。

兩人雖然尚未恢復意識，但也沒有明顯外傷，應說是陷入昏睡可能比較正確。

「看來他們被打了麻藥呀。」

頭頂光禿的老醫師說。

「麻藥？」

「是。」

知道事情跟黑色三角板有關，老醫師也神情凝重。遍尋不著四日市教授身影的現在，他被綁架的事實已經非常明白，再加上還用了麻醉藥……

「那，兇手是我們醫學院或醫院的人麼？」老醫師的聲音帶著不安。

「是有這可能性。」

目前，奈良縣警已全體動員清查大學醫學院所有人員，並針對教授遭擄之後的可能移動路線進行搜索。而案發現場的大學後方小徑似乎原本就人跡罕至，毫無任何目擊情報。

「不過，有兩人以上兇手的可能性是滿高的。」

老醫師說著刑警般的話。

「為什麼這麼認為呢？」

「麻藥打在他們後頸麼。兩個保鏢，在其中一個被人打麻藥的時候，另一個人卻沒有向前阻止的話……」

「兩個人同時被施打嗎？」

「是的。」

但我還是覺得整件事很不自然。

大山梓熟習琉球空手道，平常沒事還常拿來說嘴炫耀。而這次我之所以會被留在研究室，也是因為大山仗著這項特技，自己提出要擔任護衛的關係。很難想像突然遇襲時，她會乖乖讓兇手打麻藥……

「施打麻醉藥需要多少時間呢？」

「熟練的話，大概兩三秒就打完呢。」

「那麼快？」

「熟練的話呀。理學院數學系的人是做不到的。這麼說兇手還是……」

老醫師的表情說明了這話有多麼難以啟口。

「醫學院的人嘛。」

2 預期之外的殺人

奈良縣警為我們準備的住宿地點，是一般觀光客也會入住的大飯店，早餐也非常豐盛。

一定是為了好好照顧濱村渚特別安排的吧。這下子，無論如何都得救出四日市教授才成——一大早就心焦氣躁。

大山梓雖在今天早上醒了過來，但身體麻痺感尚未全消，仍是醫生囑咐需要靜養的狀態。可是另一邊，奈良縣警西村在昨晚就醒了過來，現在已經回到崗位參與搜查工作。同樣是麻醉藥，會因為男女而有不同效果嗎？

「大山姐要緊摸？」

濱村渚吃著塗上滿滿草莓果醬的土司，翻著奈良理科大學教職員名冊，學起關西腔。

「關西腔？」

「不覺得我講得不錯嗎？」

像那樣一直聽稻石的關西腔，就算不想學也會被影響吧。

「後藤小姐不是說關西腔沒有條理嗎？」

「不是喔。後藤小姐只有說『東京人講的標準腔條理分明』而已。」

我心想那不是一樣嗎……但並沒有說出口，講了一定會被她用數學邏輯反駁回來。

「嗯？後藤小姐花了五年才修完碩士課程呢。是因為被留級嗎？」

「真的假的？」

我看了看濱村渚遞過來的教職員名冊。後藤櫻的個人資料上，的確寫著她的碩士念了五年。

「或許念數學滿花時間的吧。」

「可是，後藤小姐計算能力那麼強，又那麼聰明。」

「是呀。」

而且還長得那麼漂亮——我在心底小聲說。

「還有跟她同屆，叫做森本的人，研究之路也走得很順利。」

語畢。濱村渚就大口喝起牛奶。看起來很好喝。

「或許森本是很厲害的人吧。」

對我而言，每個學數學的人都很厲害。包括眼前的這個國中女生。

「在學問的世界裡，也不全都是愉快的事呢。」

感覺這話中有話。

「……你不會已經知道教授在哪裡了吧？」

這隨口一問，讓濱村渚睜大了她那有著長長睫毛的眼睛，面露驚訝。

「武藤先生為什麼會這麼想呢？」

「沒什麼。」

「人家怎麼可能知道嘛。」

濱村渚動手撕起可頌麵包，麵包屑零零碎碎落在盤中。

「請不要太高估我啦。」

她只差點沒把「我是個普通的國中生」說出口。

Σ

咚的一聲，西村把似曾相識的黃色雨靴擱在研究室的桌上。

「這是……」

面對瞠目結舌的四日市研究室三名成員，西村低頭鞠躬致歉。

「昨天真是非常對不住！」

「教授呢？教授他怎麼了？」

後藤櫻略顯亢奮，在這麼一問後，整了整身上白袍。稻石也皺起眉頭，而江川則用手在臉上磨蹭。每個人都顯得十分不安。

「還找不著教授哪。」

「那這雨靴是？」

「是在農學院地下藏書室深處發現的。」

「農學院？」

所有人都歪著頭面露不解。那也難怪，剛才我聽到這報告時，臉上表情應該也跟他們一樣。

「我們一直認為必定兇手是醫學院的人，反而忽略了農學院呢。他們也會在研究家畜時使用麻醉藥。」

「這是怎麼回事？」

「我和警視廳的大山妹雖是同時被注麻醉，但效果卻顯然不同。」是啊。大山到現在還躺在附屬醫院的床上。

「醫學院打麻醉時，是用針直接打在人身上不是？可是農學院的家畜用麻醉，卻有打針以外的方法啊。」

「什麼方法？」

「用吹箭。」

「吹箭!?」

三名數學研究員的雙眼都瞇成一線。讓人耳目一新的詭計，果然總是來自專業之外。

「是。大型家畜有時會暴躁無法控制，那時就會用吹箭加以麻醉。不過用吹箭時，麻醉效力會因為射中的部位而有差別呀。我是幸運被射到麻醉一下就退的地方，大山妹就……」

醫院檢查的結果，發現吹箭似乎準確地射中了大山頸部的靜脈，這使得她的麻醉要退盡，大概得等上二十個小時。不過，至少是解開了兩人會在毫無抵抗的情況下被同時麻醉之謎。

「因此，警方也徹底搜索農學院，就在平常都沒人用的地下藏書室裡，發現了這隻雨靴。」

或許是說了太多話有些口渴，西村用力吞了吞口水。

「然後，想要問各位的是……」

西村把粗壯的手臂伸進雨靴，拿出了一本冊子。

「這東西。」

「這什麼東西？」眾人探頭圍上去看那本冊子。那是編印在十五年前的農學院研究綱要，發現時就被塞在雨靴之中，上面則檢出了教授的指紋。

「從狀況證據來看，顯然教授昨天曾暫時被監禁在地下藏書室。在那段時間裡，教授在藏書室裡似乎想要留下些什麼。我猜想這本冊子，會不會就是教授的訊息……不知道各位有沒有啥線索啊？」

「問我們也沒啥路用呀……」

稻石隨手翻了翻冊子。〈食用肉兔之飼養環境研究〉、〈關於向日葵突變之研究〉、〈鸚鵡螺食用化的相關考察〉……都是一些跟數學沒有關連的論文。冊子內頁的紙張已經稍微泛黃，每翻幾下就有頁面被折角。就一冊收藏在藏書室的文獻而言，遭受的對待似乎有點粗暴。

「啥鸚鵡螺食用化啊！鸚鵡螺不是在海裡的生物嗎？奈良縣根本沒海，農學院研究這種東西是想幹啥啊？」

稻石雖在吐槽沒人認識的農學院研究員時呵呵笑了笑，但臉上顯然仍掛著不安。

「櫻姐覺得怎樣？有啥頭緒嗎？」

「沒有。這冊子裡都是些跟教授無關的內容。」

這就連數學外行的我都看得出來。難以想像那個古怪教授會對於兔子、向日葵或鸚鵡螺有興趣，而且……

「教授應該是被綑綁著的。」

我轉向大家，開始陳述身為警官的意見。

「再者，這是地下藏書庫，教授身邊應是一片漆黑，根本無法閱讀研究綱要的內容才是吧？」

「你的意思是？」

「教授或許是隨機抽出手邊的書冊，留下某些訊息後，再用腳將其塞進雨靴，在不引起兇手注意之下，藏在書櫃深處。所以，訊息本身與論文內容無關的可能性很高。」

「原來是這樣呀。」

歪著頭用左手撥弄著瀏海的同時，一直安靜看著我、聽我們交談的濱村渚，突然將視線轉向了稻石手中的冊子。然後——

「稻石先生，第一頁的角角被折了幾次呢？」

她提問。

「蛤？」

「第一頁的角角。」

「啊，看起來像是折了一次，但其實還有往內再折，所以是被折了兩次捏。但其他頁都只折了一次就是了。」濱村渚露出微笑。

「這是安怎？」

「可以把冊子借我看看嗎？」

拿到農學院研究綱要後，濱村渚逐一計數有折角的內頁分別是第幾頁。

接著抬頭環視在場眾人。

「我知道了。」

眾人一臉茫然。這女孩是知道什麼了？

濱村渚絲毫不顧我們的困惑，打開研究綱要一頁頁翻給大家看。

「不算封面，第1頁被折了兩次，第2頁有折角，第3頁有折角，第4頁被跳過去，然後第5頁有折角。」

「啊！」

江川花子難得大聲喊叫。

「這不是費氏數列麼？」

稻石與後藤互看對方。濱村渚點點頭。

1、1、2、3、5……我的腦海裡也浮現了昨天才知道其存在的那串數列。

「這樣喔，那接下來是第8頁？」

「不。但這就是重點，第8頁沒有折角。」

「啥？」

濱村渚把研究綱要第8頁翻給大家看，整頁平整無痕。

「可是之後又確實按照法則，在對應頁數都有折角。第13頁、第21頁、第34頁、第55頁……」想像了一下獨自在漆黑之中，依序給符合費氏數列之頁數折角的四日市教授。就算雙手遭到綑綁，只靠手指應該也能做到。不過，這訊息又是什麼意思？此外，為什麼……

「為啥只有8沒被折啊？」

稻石昇平口出與我相同的疑問。

「這就是教授的訊息。」

三名數學專家面面相覷，紛紛搖頭。看來沒人懂得濱村渚在說什麼。

「聽好喔。1、1、2、3、5、13、21、34、55……跳過8。」

「啊啊！」

後藤、稻石、江川，還有奈良縣警西村四人同時喊出聲。

「這妹仔太天才了吧！」

「咦？怎麼回事？」

只有我狀況外。

「武藤先生，要當作關西腔來聽才比較容易懂喔。」

「咦？」

「那我換成國語來說明吧。『跳過8（ハチをとばしています）』……與『放蜂飛（蜂を飛ばしています）』不是同音嗎？」

原來是這樣……

「記得在農學院裡——有個專門在放蜂飛的人，對吧。」

Σ

奈良理科大學農學院助理‧田部輝夫，三十二歲，目前從事蜜蜂的飛行距離與其蜂蜜甜度之相關性的研究。據奈良縣警公安課資料庫的資料顯示，當田部還在大阪念私立高中時，曾經參加數學競賽並得過獎——就算他投身黑色三角板也是很合理的事。

聽到我們要前往田部家，研究室的三個人也以擔心教授為由跟了過來。

「這好嗎？對手可是恐怖組織喔。你們幾個請不要擅自行動呀。」

西村在警車裡對三人再三囑咐。我們坐的不是五人座的普通警車，而是七人座的大型警車。三人滿臉不安坐在最後一排座位點頭示意。我坐上其前方的中排座位，濱村渚則坐在我旁邊並確實繫上了安全帶。她打開櫻桃筆記本放在大腿上，靜靜凝視著寫在上面的費氏數列。

田部住在一間蓋在田中央，也算滿寬敞的農舍，庭院還有倉庫和小屋。聽說是跟過去在此經營養蜂業的農家便宜買下，現在似乎一個人住在這裡。貨斗堆著蜂箱，也是他做為平時交通工具的卡車還停在屋前，看來田部應該還在家裡。

我們的車一停下，就有好幾隻蜜蜂飛了過來。

「哇！蜜蜂！」

「放心啦，不會螫人的捏。」

「我還是待在車裡好了。」

濱村渚覺得害怕，結果沒有下車。竟會這麼怕飛蟲，終究是個國中生。

我和西村按下玄關旁的門鈴。雖然是間老舊農舍，但仍然有鋪設電線，大門則是鑲嵌了玻璃的拉門。

等了一會兒沒有回應，於是我們伸手開門。而輕輕一拉門就開了，有種不好的預感。

屋裡有好幾個鋪著榻榻米的房間，廚房和浴室則在最裡面，以平房而言空間實在很大。話說回來，至今還感覺不到有人在屋裡這點，讓我相當在意。到底是怎麼一回事？

西村說他要繞到後面去瞧瞧，將室內偵察交給我後從大門離開。

「都沒人在捏。」

走在我背後的稻石昇平說道。

但還是不能掉以輕心……我話說到一半，愕然發現另外兩個人不見了。後藤櫻跟江川花子不在我身邊。

「那兩個人呢？」

「啊？我也莫宰羊呀。」

就在此時，外面傳來了女性的慘叫。我與稻石互看一眼，便急忙往玄關衝去。

發出慘叫的是平時沈默的江川花子。在距離獨棟平房不遠的倉庫外面，面向入口的江川癱軟坐在地上，站在她身後的後藤櫻也茫然自失。

「安怎啦，花子？」稻石開口問。花子的雙腳顫抖，舉手指向倉庫裡頭。

同樣聞聲趕到的西村，與我一起小心翼翼往倉庫裡看。

有人倒在裡面。

是個男人。雖因周遭昏暗而看不太清楚，但在其身體下方的一片污漬，似乎是血跡。

走近去確認是否還有呼吸。

「他死了。」

我一說，西村馬上轉身問。

「這人是誰呀？」

他問研究室的三位同仁。

後藤別過頭，扶了一下她的黑框眼鏡。

「是田部先生。」

「咦？」

「是研究蜜蜂的田部先生。」

田部死了？涉嫌最大的嫌疑犯居然死了。

看來案子無法輕易劃下句點。

3　嫌疑

「啊就不是我，人不是我殺的捏！」

「給我安分點啦！」

西村偵訊稻石昇平的逼人氣勢，讓我和濱村渚都不禁打了個哆嗦。關西腔的怒吼真是有魄力。好想儘快逃離偵訊室。

後來警方來到田部家進行搜索，在田部輝夫的房裡搜出了大量黑色三角板的卡片，他是黑色三角板成員一事已毋庸置疑。不過，似乎有共犯存在。

田部雖綁走了教授，卻與共犯起了爭執，遭到殺害。共犯在將教授帶往其他地點安置後，現在仍潛伏在某處——這是警方目前的見解。

而在共犯嫌疑人裡名列第一候補的，沒想到竟是稻石昇平。

「如果人不是你殺的，那這是啥？」

西村把裝著一支劍玉的塑膠袋抵在稻石的面前。金屬製劍尖的長度長到有些異樣，上面則沾染著貨真價實的血痕。

「這是你的吧！」

「是我的呀，而且還是訂做的。為了研究才特地把劍尖做這麼長的。」

「這就是凶器啊。還丟在案發現場附近田裡。」

「我哪知道。我也在找這支咧！」

一時之間，西村戛然無聲。

「你無論如何都堅持人不是你殺的嗎？」

「當然呀！一定是有人要陷害我的捏！」

西村輕輕抽身離席，繞到濱村渚的身後，敦促她去坐在稻石面前。

「數學少女說的，你總會聽吧？」

「啥啦？」

濱村渚不安地眨著眼，將櫻桃筆記本放在桌上打開。

「呃，這是在發現田部先生的倉庫……寫在隔壁房間牆上的式子。」

陳屍現場的倉庫由一道薄壁隔成兩個房間，兩間都各有一道門供出入。

而在沒有田部倒臥屍體的隔壁間，則找到了四日市教授的另一隻塑膠雨靴。

警方推斷教授曾被囚禁在此處，證據則是在這房間牆上，有著教授親手用筆寫下的如此訊息。

『夫(14)+1337』

「這又是啥啊？」

「這個『夫』，似乎是四日市教授很久以前曾在論文中使用過的記號。」

濱村渚怯生生地說明。

「是呀，教授很喜歡把漢字寫進算式裡。但我沒看過這個捏。」

「後藤小姐教我了。這樣寫是代表『費氏數列第十四個數字』的意思。」

「啥？」

又是費氏數列……不只是常出現在自然界，連在命案現場也常常出現的數列。

「對啦，因為『費』跟『夫』都是ㄈ開頭的關係吧。滿有教授風格的。」

「而說到費氏數列，第十四個數字就是377吧？」

「就是說咩……」

若只看表情，完全像是兩個喜歡數學的人在熱烈討論。很難想像這會是警方偵訊室裡的景象。

『377＋1337』

「結果是？」

「就1714呣。」

稻石秒回，反讓濱村渚嚇了一跳。而西村則在她身後科科笑出聲。

「笑啥啦！」

「1714……念做『イナイシ（INAISHI）』時不就跟『稻石（INAISHI）』完全同音嗎？」

稻石睜大了眼。

「哇！還真的咧！」

「終於要自白了响？」

「才不要咧。」

西村又哐噹一聲作勢摔倒。真是無論何時都不忘關西人精神。

「為什麼不承認！這不就你的名字嗎？」

「就跟你講不是呀！我是被陷害的！這些都胡扯的啦！」

西村把臉猛然湊近又嚷嚷起來的稻石，讓他安靜下來。

「但這個『夫』就是跟教授筆跡符合呀！絕對是教授寫的沒錯！」

稻石似乎還想再做反駁，但又好像想不到能反駁什麼。

Σ

一進到偵訊室門邊的樓梯間，濱村渚就若有所思地踏著不規則的步伐往下走。一下是走一步下一階，一下又跳過一階下了兩階，總之就是下樓下得既奇怪又毫無規律——將「走一步下一階」與「一步跳過一階下兩階」兩種方式任意組合，請問走下n階樓梯時共會有幾組走法呢？

就當我在想濱村渚等等會不會又出這種題目時——

「兩位，能借一步說話麼？」

背後傳來的細小聲音叫住了我們，於是我們回過頭。

幾乎要蓋到鼻頭的長長瀏海，低調的紫色襯衫——是江川花子，大概是與稻石在同一時間另外進行的偵訊先結束了吧。那或許現在已經輪到後藤櫻在接受偵訊。

「江川小姐，有什麼事嗎？」

「我不認為……稻石先生會是兇手哪。」

看她這樣，讓我欲言又止。

「為什麼會這麼認為呢？」

倒是濱村渚開口問。

「兩位願意聽我說麼？」
於是我們跟江川一起下樓，到縣警本部一樓室內中庭找了張長椅坐下。
「費氏數列第十四個數字的確是377沒錯，但第十五是610、第十六是987、第十七是1597哪。」
江川劈頭就這麼說。
到底是想說什麼呢。我不懂……
「我懂。」
看來濱村渚真的想清楚了。她打開筆記本，拿出粉紅色自動筆往上頭振筆疾書。
『$F(17)+117$』
「如果要表示1714，用第十七個數字1597加上117就好，為什麼會特地用第十四個數字377來加上1337呢……你應該是指這個吧。」
「就是呀。」
原來如此。照理說應該要選擇距離目的最近的數字，再加上兩者的差才比較有效率。確實，若是身為數學家的四日市潔，或許這麼思考才是自然。畢竟現在濱村渚與江川花子就都是這麼想。

「可是光憑這點，就能說稻石先生不是兇手嗎？」

我這一問，讓江川似乎頗為難。

「這並不是……有啥數學根據的理由……」

「沒關係。」

「稻石先生是非常尊敬教授的。雖然看起來吊兒郎噹，卻是個老實人。我也承蒙他幫了好多次忙呢。」

雖是極為平凡的證詞，但透過江川那高雅的京都腔娓娓道來，感覺句句觸人心弦。

「我明白了。那麼請你依照時間順序，將從昨晚起發生的任何事情——只要是想得起來的，就告訴我吧。」

整理江川花子的描述，得到的事情經過如下。

昨天晚上，得知四日市教授遭到綁架後，三個人總之是想要幫上點忙，於是跟著奈良縣警參與了搜查醫學院的行動。但畢竟還是外行，幫不上什麼忙，八點多就自行解散了。江川回到租屋處，很快就上床睡覺了。

接著在今天早上，或許是心底的擔憂使得她早早醒來，又因為實在靜不下心，便匆匆前往學校。七點左右走進研究室時，發現後藤櫻已經先到了。

「我也是，靜不下心來。」

後藤這麼說著，繼續看她手上的論文。專家學者似乎有著一有空閒就拿論文看的習慣。

兩人掛念四日市教授的安危而擔心不已，沒多久稻石便拎著便利商店的塑膠袋走了進來。

「你倆個，早餐吃了沒呀？」

稻石很貼心地為她們多買了兩人份的早餐。

一來一往之後，我們警察也來了。看到西村拿出那雙似曾相識的黃色雨靴……之後的事，也就如我先前所見。

「除此之外，我也想問你有關發現屍體時的情況。」

聽我這麼問，江川低著頭，再度緩緩道來。

在我、西村與稻石走進農舍後，後藤櫻發現庭院裡有間倉庫，於是江川便與她兩人一同探索。看到倉庫有兩個門，雖然江川提醒後藤還是等西村來再說，但她仍然逕自打開右邊的門走了進去。江川不敢跟著走進倉庫，但又覺得人都來了，要是沒幫上點忙好像也不行，因此便打開左邊的門看看，但這一看就看到倒在地上的田部，嚇得腿都軟了。

「後藤小姐最先走進去的，是後來找到教授雨靴的那間房間吧？」

「是呀。」

江川還是低著頭回答。

「那個論文……」坐在我身旁的濱村渚又要拋出疑問。

「是什麼樣的論文呢？」

「論文……是指啥呢？」

「後藤小姐今天早上在看的論文。」

江川在長長瀏海後方的雙眉已然怯弱。

「我沒看得那麼仔細呀。不過，我想應該是研究室書架上的論文吧。」

「這樣啊。」

「濱村同學是怎麼想呢？還是認為稻石先生是兇手麼？」

我覺得濱村渚除了數學能力之外，也有種吸引人的獨特氣息。就連江川這樣的數學專家，都不自覺地依賴起這個中學生來。

「嗯……還真令人難以釋懷呢，這費氏數列之謎。」

濱村渚用左手撥弄著沒被髮夾固定的右邊瀏海。

「呃，我猜會不會是……」

我戒慎恐懼地插進兩人的對話。真是恨自己數學不好。

「怎麼了，武藤先生？」

「江川小姐，還請你別生氣喔。」

「快點說嘛——」

或許是有些介意我曖昧不明的態度，濱村渚用掌心輕拍了一下我的膝蓋加以催促。

「會不會是教授算錯了啊？」

「算錯？」

兩人異口同聲表示驚訝。

「之前不是說，最近四日市教授的計算錯誤變多了嗎？」

「對喔，稻石先生有說。」

「後藤小姐也這麼說。」

江川舉起右手撩起長長瀏海撥向右耳後，然後像是要掩飾隱情般地露出苦笑。說來，這似乎是我第一次看見她的雙眼。

「近期確實經常算錯。但在遭到監禁這款緊迫的狀況之下，教授還會算不對麼？」

「那，他是故意算錯嗎？」

不屈不撓，我又提出新的可能性。

「故意？」

「如果被察覺留下的是告發兇手的內容，留言一定會遭到湮滅吧。所以教授才會故意算錯。」

「原來如此！你好棒喔，武藤先生！」

濱村渚兩掌一拍，略顯開心。

之後她就這麼雙手合十盯著筆記本上的算式瞧，若有所思。

如果『夫（14）＋1337』……『377＋1337』……並不是要表示1714的話——

5 失算

黃昏時分，當我們再度來到研究室的時候，後藤櫻與江川花子兩個人則都正在各看各自手上的論文。

「啊，武藤先生。」

後藤抬頭面向我們。微光昏暗之中，黑框眼鏡下的表情又更顯美麗。

「這樣看書會不會有點暗啊？」

「哦，竟然已經這麼晚了。能幫忙開個燈嗎？」

在我反應過來之前，西村已經按下電源開關。乳白色燈光立刻充滿整間研究室，映照出四日市潔留在黑板上的大量算式。

「因為證據不足，警方已經釋放稻石昇平了。」

西村這一講，確實舒緩了江川花子的緊張。

「這樣嗎。」

後藤櫻的表情卻不變，甚至還讓人感到一股冰冷。

「但若不是稻石，那兇手人在哪裡？教授又在哪呢？」

「還沒找到人，不過……」西村目光一閃，眼神之中則洋溢著對於後藤櫻的懷疑。

「要能在今天告一段落該有多好呀。」

氣氛顯得一觸即發。

「後藤小姐，你好像是跟田部輝夫念同一所高中，而且還同屆是咩？」

得知這項事實之時，我也非常驚訝，而後藤涉案的可能性亦因此大增。

「……或許吧？」

後藤一臉「那又怎樣」的表情。

接下來的沈默不但沈重，而且是一段讓在場所有人都宛如被鎖鍊所困，倍感煎熬的時間。黑框眼鏡下的那對聰慧的眼睛，與習於注目犯罪者的高壓眼神相視無語。

但這視線的對峙，對西村是很不利的。畢竟與田部高中念同校，也頂多只能加深嫌疑，其實警方並沒有掌握任何可以指稱後藤是兇手的證據。

「江川小姐，你找到了嗎？」

濱村渚突然開口說。

「找到了，就是這本呀。」

江川將一冊有著紫色封面，被翻到破破爛爛的論文交給濱村渚。這動作也轉移了後藤的視線。

「那是什麼？」

「『湯姆森生成函數用於庫根問題之可取值研究』……是教授四十年前的論文呢。早上，櫻姐就是在看這篇吧。」

「大概吧？」

「就如同濱村同學的推測，這本論文的確使用了教授留在倉庫裡，用來表示費氏數列的特殊漢字記號呢。」

江川將視線從後藤身上移開，望向濱村渚。濱村渚微微一笑。

「後藤小姐，你是為了找出這本論文，才會提早來到研究室的吧？」

濱村渚似乎也和西村同樣，有十足把握認定後藤是兇手。好像又只有我一個人沒追上進度。

「你這是什麼意思？」

「教授沒有算錯。」

濱村渚從胸前的口袋拿出粉紅色自動筆，打開櫻桃筆記本就往上頭寫著的『耒（14）+1337』圈了好幾圈，可見她已經解開煩惱許久的謎題。

我轉頭看西村，他雖面露驚訝，卻也是一臉期待，看來西村也是未聞詳情。

「教授跟兇手，兩個人都沒有算錯。不但如此，他們倆都是令人尊敬的算數天才。」

「你想說什麼？」

「教授遭到田部先生綁架後，被監禁在倉庫裡。他聽到田部先生與兇手在隔壁房間裡爭執，於是打算留下兇手的姓名。」

——『夫（14）+1337』

「兇手用劍玉殺害田部先生之後，為了帶走教授而走進隔壁房間，也在那時發現教授留下的訊息。可是，兇手當下看不懂訊息所指為何，只好一早來到研究室調查。而看了這本論文，得知『夫』代表費氏數列的時候，兇手一定很著急……因為要是放著不管，大家都會知道自己就是兇手。」

沒人想去打斷這個國中女生說話。女孩喜色滿面，顯然開心得不得了。

可是反觀後藤，她的臉色卻是越來越難看。

「沒想到就在此時，靈光一閃！兇手那天才級的計算能力，不只是算出該如何擾亂教授訊息，甚至還想到了能讓警察懷疑稻石先生的方法呢！實在是酷斃了！」

濱村渚一個人講得興高采烈。真是的，不明白這有什麼了不起。

「也因此，兇手必須比任何人都早一步進到那間倉庫裡——為了要去給教授留下的訊息加上一筆。」

「你在說什麼啊？」

「請問誰有橡皮擦？」

就像是要彰顯自己在證明途中絕不受任何人干涉似的，濱村渚無視後藤的反問，突然跟人討起了橡皮擦，這使得時間宛如暫停了般。

江川從口袋裡拿出橡皮擦，親手交給濱村渚。

「謝謝你。」

「你到底想做什麼？」

「教授的訊息，原本是這樣的。」

要擦去一個數字，根本用不到一秒——濱村渚拿著橡皮擦，迅速擦去了式子裡最後的『7』。

——『夫(14)+133』

「『將費氏數列第十四個數字加上133』……377+133，會得到510。」

「…………」

「510……可以拆成『5』與『10』，分別念做『ゴ(GO)』與『トウ(TOU)』……和『後藤(GOTOU)』同音。」

……天啊。眾人不禁為之驚愕。

「僅僅是在式子最後多寫一個『7』，510就變成1714，『後藤』就變成『稻石』。這也太厲害了！後藤小姐的計算能力真是驚為天人！」

濱村渚就這樣獨自樂在其中，不停地稱讚著後藤櫻。這個孩子也真是，一談到數學，周遭氣氛之類的全都拋在腦後。

後藤緩緩拿下黑框眼鏡，慎重地收攏之後輕輕放在桌上。接著用她白晰的雙手，把像是一直遮掩著面容的長髮往後率性一撥，然後將手肘靠在桌面，十指交握，面向西村。

「西村先生，她說的那些，能當證據嗎？」

後藤的聲音聽來意外冷靜。立體五官構成的美麗臉龐，嘴角帶著微笑。

西村這才回過神來，冒冒失失地往自己西裝的內側口袋掏。

「呃，這個，呀，只要你在這裡寫個『7』的話……」

如此急轉直下的局面，似乎讓西村相當慌張。慌張到就連他好不容易掏出的警察手帳，不但在氣勢上顯然差了濱村渚拿出的櫻桃筆記本一截，甚至還讓人感覺頗為不可靠。

「我們再去跟現場留下的『7』比對筆跡……」

後藤噗哧一笑。

「沒必要那麼做。」

「咦？」

「原本是打算再找藉口掙扎一下的……但被她誇成這樣，我要是不自白似乎也說不太過去。」

後藤櫻與濱村渚，兩人互看微笑。就是那種數學愛好者特有的、蘊含著對於彼此尊敬的知性笑容。

後藤將手伸進白袍口袋拿出一把鑰匙，丟向西村。

「我把教授關在我的住處，請你們去救他出來吧。」

簡單俐落的敗北宣言，又讓西村楞了一下。

「哦，哦好……就……包在我身上啦。」

說完，西村就離開了研究室。

總之，算是告一段落吧。我看著濱村渚滿足的表情，體認到她已經把想講的都講完，之後應該什麼也不會說。那麼接下來，就是我的任務了。

「你是黑色三角板的一分子嗎？」

後藤再次戴上一度取下的眼鏡，轉頭面向我。

「是啊，要這麼說也是。畢竟我幫田部做事。」

「也是因為反對現今的數學教育方針嗎？」

「不。」

她回答。原本溫和的面容頓時變得嚴峻。

「我的目的，只是想跟教授問個清楚。」

「問個清楚？」

「跟我比起來，教授總是對森本同學比較好。開口閉口總是離不開森本……對我的研究卻看都不屑一顧。偏偏輪到審查我的論文時又特別嚴苛，害我一個碩士課程就念了五年。」

「…………」

「為什麼要對我這麼嚴苛？為什麼不好好看我的研究？每次問教授，他老是用『會打斷思考的鎖鍊』作為藉口，從不正面回答。就在那時，田部來問我能不能幫他綁架教授……我很訝異他竟是黑色三角板的一員，但也同時想到自己可以善加利用這邀約。趁這個機會把教授關起來，好好問清楚他究竟是怎麼看待我的研究。」

後藤櫻抿嘴不語。從沈默裡，我能夠感受到把青春都獻給數學的她一心無二的自尊心。

「你為什麼要殺害田部？」

「當我打算悄悄帶教授離開時，被他發現了。他想阻止我，不只如此，那傢伙還嫌棄我的研究，說那是不會有結果的妄想理論……所以我……就用原本為了以防萬一而帶來的那把劍玉把他給……讓稻石受委屈了。」

「那你有跟教授好好談了嗎？」

濱村渚冷不防問了一句，後藤櫻則報以自虐的微笑。

「沒有。整個晚上他就只是一直重複著森本、森本，都在講森本。就連費氏數列的記號，最後我也得自己去查。教授一定是討厭我……」

說到這裡。

「不是那樣的。」

文靜京都腔打斷了後藤的話。江川花子將她的瀏海往耳邊撥，看似有些拘謹。

「在進入這研究室前的面試裡，教授曾經跟我提到……數學家有兩種，一種是獨創型，一種是應用型麼。」

「咦？」

「在這研究室裡呀，有個獨創型的叫森本，還有個應用型的叫後藤……一般總認為將來數學界所企求的，絕對是獨創型的人才，並不需要只會計算的應用型……」

「哼，看吧。」

「可是教授說他認為，當應用型發揮出潛藏於其中的獨創性時，必定能創造出獨創型花費一生光陰也達成不了的成就呢……他還說，後藤就有那樣的潛力……」

「胡說。」

「是真的呀。只是因為教授囑咐我絕不能跟櫻姐說，所以才沒提。」

江川花子站起身，到書櫃前打開在最底層一角的小櫃子，取出一個A4信封，再從信封裡拿出一冊書口全插滿了便利貼的論文。

「這……」

「這是櫻姐花了五年才完成的碩士論文呀。教授對於櫻姐提出的『連續無限螺旋小數點』這概念，是真的非常感興趣的呢。還說他總有一天，想要針對這點串接起跟櫻姐之間的思考鎖鍊哪。」

「怎麼會……」

後藤拿起自己的碩士論文翻了又翻，在每一頁都可見到四日市教授細心記下的算式與圖表。冊子裡，充滿了師父想託付給徒弟的愛。

後藤嘆了長長一口氣，闔上論文。

她往牆上的黑板看去，憐惜地望著四日市教授寫滿整面黑板的算式。

「花子，這表示我果然還是四日市潔教出來的，對吧。」

後藤就那樣看著師父留下的算式，接著靜靜地這麼說。

「千算萬算……還是失算了呀。」

為了追求數字的真理，於是過度埋首研究之中——反而沒能感受到師父深情的女人。

這是我們在這段旅程中所聽到的，最優美卻也最哀傷的關西腔。

log10000.

『神π奇航：相模灣海盜』

Pirates of Sagamiwan

√1　圓周率哥登場

大山梓張大嘴巴咬下蘋果派，把口中塞得滿滿地嚼嚼嚼。她非常喜歡這家在東京開了好幾家分店的烘焙坊「尚克斯」的蘋果派。最近完全成為大山跟班小妹的濱村渚，也在吃了一口之後就被其魅力擄獲，現在開口閉口就是「想吃蘋果派」。搞得最近對策本部辦公室裡，成天都充滿著刺激食慾的奶油香與蘋果味。

可是我對蘋果派這種食物，有個不滿之處。

就是每咬一口，就會掉出一堆碎屑這點——

「嘿，小渚。」

在咬下第二口之前，大山看向濱村。

「怎麼了，阿梓姐。」

「圓周率究竟是什麼呢？」

濱村渚任憑派皮碎屑撲簌簌掉在制服裙子上，同時回望大山。

「在那之前，大山姐知道『圓』是什麼樣的圖形嗎？」

「不就是個圈圈嗎？」

「說圈圈的確是圈圈，但要說得正確些，則有個『與某個點保持等距離的點之集合』這樣的定義。」

「蛤？」

「反過來說就是『圓必定有一點是為其中心』。」

在一旁聽著的瀨島直樹嗤之以鼻。

「這不是理所當然的嗎？」

「又來了。不要馬上就說『理所當然』好嗎？世上也有很多沒有中心點的扭曲圈圈啊！沒有中心就不能確定直徑，就不能談圓周率了。你說對吧，武藤先生？」

話鋒突然轉過來，讓嚇了我一跳，只得露出曖昧笑容點點頭。

「好了啦，那圓周率是啥？」

大山催問。

「這讓我來回答就好。圓周率就是『圓周長與直徑的比』啦。」

我說得對吧——瀨島直樹高傲的眼神朝向濱村渚。

「雖是這麼說沒錯，但是阿梓姐，你聽得懂嗎？畢竟數學定義這東西，愈是想將它說得正確就聽來愈難懂，我最不會了。」

也不管剛才提到「圓」時自己說的明明就半斤八兩，濱村渚皺起眉頭。大山也露出一樣的表情。

「能不能說得好懂些？」

「嗯……先假設有一位不擅長分配材料份量的蛋糕師傅……你想吃什麼蛋糕呢？」

「巧克力奶油。」

「真好，那就巧克力奶油吧。」

濱村渚笑著。一邊吃蘋果派一邊談巧克力奶油蛋糕，女孩子還真是喜歡吃甜的。

「這位蛋糕師傅每天做的蛋糕有大有小，但總是抓不準要塗在蛋糕周圍的巧克力奶油分量，不是準備太多，就是做得太少。」

「那還真頭痛呢。」

「是啊。於是這位姐姐想，如果只要測量蛋糕直徑，就能知道圓周有多長的話，那該多好。」

「哦，師傅是女生啊。」

大山的注意力無法集中在舉例的本質，反而落在「姐姐」的部分。這種學生應該平均每班都會有一個。

因為瀨島在一旁笑，大山似乎有些不好意思，舉手示意濱村渚說下去。

「她做了許多嘗試後終於發現，只要把直徑長度乘以3.14，大概就會等於圓周的長度。直徑15公分的話圓周就是47.1公分長，直徑20公分的話圓周就是62.8公分長。」

「是喔。」

「這『大約3.14』的數字，就是圓周率。真是個魔法的數字，對吧？」

大山睜大了眼。

「咦？是這樣喔？就這麼簡單嗎……也就是說，將直徑乘以『什麼』會等於圓周……的那個『什麼』嗎？」

「是的。正是如此。」

濱村渚說完蛋糕的故事，將手伸向第二片蘋果派。那蘋果派一片的分量也不少呢……這國中女生雖然體型嬌小，但食慾卻相當旺盛。

「濱村，這說明很曖昧哪，真不像你的作風。」

瀨島話說得酸。

「圓周率不是3.14。正確地說，是比3.14再多一點點的數字。」

「沒錯。可是3.141也不是正確的。比起3.141，3.1415又更正確一點，但比起3.1415，3.14159又更正確一點……要這樣講下去，不就沒完沒了了嗎？圓周率是連綿不斷，直到永遠的。」

「是啦，這麼說也是。」

「許多數學家們為了求取更逼近的值，至今都仍在持續努力。所以說，圓周率小數點以下的每個數字，都是值得尊敬的呢！」

瀨島與濱村渚的對話，已經無法傳進大山耳裡。透過濱村渚的例子，她似乎已經理解了圓周率為何物，於是在心底結案。

「安安喔——！」

此時，那男人來了。

頂著一頭只有髮尾脫色成土黃的邋遢長髮，將深藍色的帽子前後反戴，把同樣是深藍色的外套兩袖打結綁在腰上，拖拉晃進辦公室的這個混混……是警視廳鑑識課第23班的班長·尾財拓彌。

「嗨！拓彌！我等你很久了！」

「大山姐，哦，這啥味道啊？」

「是尚克斯的蘋果派喔。」

「太神啦！滿滿的奶油味。」

今天濱村渚之所以會來到對策本部，其實是要來見一個人——一個最近才被分配到第23班的新人。

「說來，那個圓周率哥呢？」

被大山這麼問，尾財用下巴往自己剛走進來的入口一指。

有個將雙手插在口袋，個頭稍小的鑑識官站在門口。染成茶色的短髮、剃了一半以上的眉毛，眼神兇惡，一臉不爽。這個班還真的是每個人都一副混混樣。

Σ

津殿島是位於神奈川縣相模灣的一座海上小島。離陸地只有十公里的近距離，過去雖曾有人居住，但十幾年前就已經成了個無人島。

近來以津殿島附近沿海鄉鎮為中心，頻繁傳出有人失蹤。失蹤者的年齡從十多歲到四十多歲都有，性別也有男有女。雖然當地警方已認定此為連續綁架誘拐事件展開調查，但也因為失蹤的人數實在太多而感到困惑。

同時，這幾個鄉鎮的超商搶案件數也增加了。

這些穿著印有黑色五碼數字的白色T恤，還用花俏圖案頭巾蒙面的搶匪們，往往都是踏進店門後馬上拿出刀子要脅，隨即動作俐落地將店員們五花大綁，接著不是搶奪錢財，往往拿了食品就走。都什麼時代了，還會有只偷糧食的搶匪嗎……？

而將這兩樁奇妙事件連結起來的，則是來自沿海地區一般居民的證詞。那說是在半夜看見從津殿島過來的船隻靠岸，還見到好幾個人上了那艘船。那些上船的人，也都穿著印有黑色五碼數字的白色T恤。

失蹤的人們都在津殿島——當地警方雖然對於這推斷很有把握，但津殿島現在是由多人共同持有的私人土地，要聲請搜索票實在不易，只好先派出偵察船去探探情況。

……結果，偵察隊連船帶人都沒有回來。但是與他們進行通訊時，曾在最後收到了用數位相機拍下的照片。從照片裡可見島嶼後方有個高台，在那高高立起的一根旗桿上，飄揚著兩面旗。

其中一面旗子上頭畫了個水藍色的骷髏，骷髏額頭還有個「π」。至於另一面旗子，則印著那個兩片黑色三角板交疊的熟悉圖案。這也是整件事被認定與黑色三角板有關連的瞬間。

根據之前也曾與這數學恐怖組織交手過的神奈川縣警，透過人造衛星進行調查的結果，發現津殿島上有數十名男女住在一起，共同生活。

警視廳黑色三角板・特別對策本部接獲情報，則從累積的資料庫中篩選出了一名似乎是實行犯的人物。

安達宏典——他是組織領導高木源一郎指導的專題研究小組成員之一，學生時代則似乎參加了「海盜社」。

「海盜社？」

竹內本部長宣達事件概要時講到這，讓我、大山與瀨島不禁異口同聲地這麼問。

「是啊。這些年來大學社團的花樣也五花八門。聽說內容是利用放長假時，到無人島去體驗海盜般生活之類。」

「海盜般的生活……是去襲擊港都擄走美女……」

「去追尋沈睡在孤島洞窟裡的財寶……」

「然後把背叛者抓起來吊死……」

「……的那種社團嗎？」

我們三人紛紛說出自己對於海盜的印象，但竹內本部長卻搖搖頭。

「不不，說穿了就是無人島露營社而已。只不過，似乎多少對於海盜行為有所憧憬，所以平時會作些研究。」

「是那位安達把原本純研究的海盜行為付諸實行了嗎？」

模仿海盜作為，綁架一般民眾還搶超商。黑色三角板的花樣也挺多的。

「不只安達，或許連他的學弟妹也隨其唱和。」

「咦？」

「他在海盜社的學弟妹們也全都下落不明。跟安達一起潛伏在津殿島的可能性很高。」

「可是，他們的目的究竟是什麼?也沒有犯罪聲明……」

瀨島說道。

的確。就至今的案例看來，縱使主謀者高木源一郎自己出面，透過網路在免費影片分享網站發佈犯罪聲明也毫不奇怪。沒有犯罪聲明，表示這可能只是他們擅自進行的地下活動。

「說不定，是為了培育人才之類……會不會是為了製造更多擅長數學的協力者，而綁架誘拐別人回島上進行教育呢？」

瀨島與大山看向我。眼神則像是說著「那只好去實地探查了呀」。竹內本部長輕輕咳了一聲。

「不管怎樣，我想這次又得藉助她的力量吧……」

這裡的「她」當然指的就是濱村渚。

「對了，還有個似乎可用的人才。」

所屬於鑑識課第23班的上原大和——又是23班啊。一向跟他們不對盤的瀨島皺起眉頭，把頭歪向一邊。

Σ

上原大和就這麼將手插在口袋，用凶惡的眼神直直盯著天花板看，絲毫不打算跟我們視線相交。真是冷漠的傢伙。

「大和，表演給他們瞧瞧嘛。」

尾財這一催，僅換得「切」的咂嘴一聲。我一直以為鑑識課第23班可取的就只有團結力，但好像就連新來的也是照對班長耍脾氣。

「別這樣吧，大和。」

下指示卻被無視的尾財面露困擾地苦笑。一旁的瀨島卻氣得雙肩顫抖。這人自己平時對人態度那樣傲慢，卻對別人失禮的行為非常嚴格。

「我說你啊！」

瀨島終於憤而出聲，大步走到上原面前瞪著他瞧，上原也用叛逆的眼神瞪回去——這應該就是所謂的互瞪挑釁吧。在宛如隨時都會開打互毆的緊迫氣氛之中，濱村渚緊捏著她吃一半的蘋果派，戰戰兢兢地觀望著。

「尾財是你們的班長吧！」

就在此時。

「三點！」

就像是要蓋過瀨島的斥責般，上原突然口出語意不明的怒吼。

「一四。」

這反應讓瀨島有些畏怯……而上原的聲調雖稍轉平和，但口氣仍然很差。

「一五、九二、六五、三五、八九、七九。」

他似乎是在背誦「那個值」。

我看向濱村渚。方才還顯得心驚膽戰的緊綳嘴角已經笑了開來，而那雙有著雙眼皮的水汪汪大眼深處則開始閃閃發光。

「3238462643383279502８……」

大和持續念出數字，接連不斷。討厭數字的大山很快就一臉厭煩。

「這要念到什麼時候啊？」

「放著不管的話，這傢伙就會一直念下去喔。聽說他能背到小數點以下十萬位呢。」

尾財嘻嘻笑了兩聲，從包包裡拿出幾疊文件發給我們每個人。紙上印著以「3.14」開頭的那個值……僅是羅列圓周率就把一疊紙填得滿滿。

「10萬位？」

「這傢伙的特技還不只這個。喂，大和，你先停一下。」

尾財一聲令下，上原停下背誦，斜眼瞪著班長看。

「從3500位開始。」

「267111369990865851639８……」

「太扯了吧……」

瞠目結舌——這嚇得濱村渚兩眼圓睜，只得凝視著尾財遞過來的文件。上頭密布的數字實在多到讓我不知從哪邊看起，但光看濱村渚的反應，應該就足以確知這男子更進一步的能力。

上原可以立刻說出指定小數位數以後的圓周率數字。

「我也可以問嗎？」

或許是忍不住了，濱村渚放下蘋果派，立起食指開口問。上原的背誦聲又戛然而止。

「從2萬7354位開始。」

「0618671786101715674O9……」

「難以置信！」

看來又是正確答案。的確，這是不得了的能力，但是……

「這也算數學的能力嗎？」

瀨島將整疊文件往桌上一扔，嘴裡嚷嚷。

「圓周率10萬位？那又怎樣？」

「瀨島先生，10萬位是人類挑戰永續不斷之圓周率的結果。明知道圓周率這數字沒有終點，還會想去記的人原本就非常少了，這項能力可是非常不簡單的。」

濱村渚打從心底充滿敬意地說道。

「我不是說這個，我是在問這能有什麼用啦！」

「有什麼用……這……我現在也無法立刻回答……」

看她的表情似乎有些困擾，說話聲也變小了。

但濱村渚仍不退讓，這麼回答瀨島。

「可是我相信，這世上絕不存在沒用的數字。」

$\sqrt{4}$　魯道夫船長

坐進東海道線車廂裡的四人桌型座，為了協助搜查，又跟學校請公假的濱村渚，在桌上攤開從小小肩背包裡拿出來的櫻桃封面筆記本，接續日前的主題為我們開講圓周率講座第二章。今天的她沒穿制服，一身便服打扮。

海盜事件的搜查本部設置在津殿署。原本我們是打算開車前往的，然而因為本案乃是當地少見的重大案件，參與搜查的相關人士眾多，導致停車位嚴重不足，所以只好特地坐電車過去。

「……就像這樣，利用圓的周長比內接正多邊形周長再稍微長一點點的特性來做計算，就是求取圓周率的傳統方法。」

「哼……有人用這種方法算出來嗎？」

我已經跟不上濱村渚在講什麼了。但是大山梓還一臉困惑地探頭往櫻桃筆記本瞧——她真的有辦法看懂嗎？

「德國有位叫作魯道夫．馮．科伊倫的數學家，花了一輩子計算，得到小數點以下35位為止的數字。」

「花了一輩子？」

「是的。德國人稱之為『魯道夫數』，是非常榮譽的數字呢。」

濱村渚說著，用粉紅色自動筆在筆記本寫下「魯道夫」幾個字。

「可是這數字還沒完吧，不是說直到永遠？」

「是的。而且林德曼先生在之後也證明，圓周率是一個超越數。」

完全聽不懂她在說什麼。

「要怎麼證明出這數字是永遠算不完的呢？」

大山提出了極為自然，也是極為當然的疑問。

於是乎，濱村渚長長睫毛下的眼神忽然變得有些退縮。

「真的要問這個嗎？」

「真的啊，我很想知道呢。」

「呃，那麼，就從『假設圓周率是個除得盡的數字』開始吧。然後我們要想辦法找尋這其中的矛盾。如果找到矛盾，出現『要除盡圓周率有困難』的狀況，就可以證明圓周率是除不盡的。」

「是喔……聽不太懂耶。」

大山揉揉她那眼珠大大的孩子眼，打了個呵欠。開口問的人明明是她，這態度實在有夠不負責任。瀨島則在一旁笑得很壞心。

「話說濱村啊。關於圓周率小數10萬位能有什麼用，你有答案了嗎？」

「尋求那答案的過程，不也是數學嗎？」

「看你在逞強。承認這世上存在沒用的數字不就好了嗎？」

「我說那種東西……」

「好啦！反正派不上用場就是了！」

上原大和突來的一聲怒吼，打斷了瀨島說話。上原一個人坐在隔著走道旁邊的四人座，透過竹內本部長的安排，他與我們一同前往津殿署。

「不用你說，我自己也知道……」

他那不願進一步與我們交好的態度，總覺得有些險惡。

「當我還是學生的時，我爸媽和老師就一直一直跟我嘮叨『背圓周率有什麼用，不如多念念書』之類的了……輪不到你廢話，我自己知道。」

上原咂咂嘴，往自己面前的座位大力踹了一腳。光是看他戴著串了大把尖尖刺刺的項鍊，穿著到處都開洞的牛仔褲，一定沒有人會相信他是警視廳的鑑識官。

「那，大和先生為什麼會跑去背圓周率呢？」

濱村渚問道。談到數學時的她，就算對方是混混也不害怕。

上原先是向她一瞪，但接著又咂了聲嘴，隨即移開視線。

Σ

現在，我的雙手被綁在背後。

這裡是跟津殿署有些距離的超商。用頭巾蒙面的三名男子，正在我眼前把麵包、飯團與餅乾糖果之類的往寫著「π」的麻布袋裡頭塞。而他們穿的白色T恤上，都印著五個數字。

沒錯。是海盜。

沒想到這麼快就會遇上他們……

在我身旁，同樣被反綁的濱村渚與上原兩人則竊竊私語。海盜闖入這家超商時，店裡只有我們三個客人，一下子就被他們全綁了起來。店員是一名嬌小的四十多歲女性，她也被雙手反綁，跪坐在收銀台內側。

企圖改變身體姿勢的濱村渚撞到商品架，架上的罐頭落地發出了喀噹的聲響。

「那邊在幹嘛！」

T恤上寫著【41273】的海盜將槍口朝向我們。濱村渚縮成一團。

但我瞬間就看穿這個人沒足夠殺氣……或許是沒有開槍的經驗吧。而他手上拿的「槍」，也顯然是將木製零件用螺絲釘之類接合，至少我個人從未在案發現場看過那種槍——感覺像是從海盜電影拍攝現場借來的小道具。

「別理她。」

腰上掛著一把大彎刀的男子出聲制止。而他的T恤上則寫著【02491】……這些究竟是什麼數字啊？

【41273】將槍插回腰帶上的槍套，回頭繼續搜刮食品。感覺他們有些焦急，或許是想早點離開這家超商。

留在津殿署的大山與瀨島，會因為我們遲遲未歸而起疑嗎……

看向牆上的時鐘，從我走出津殿署到現在，也才過了十分鐘左右。世事真是難料，就連十分鐘後也難以估計。人生在世，還真不知會發生什麼事。對於我們而言是人生急轉直下的十分鐘，對於人在津殿署的他們來說，只是平常不過的十分鐘。而且看搜查本部裡的每個人都忙成那個樣子，誰也不會注意到我們不見了吧。

津殿署「津殿島海盜事件搜查本部」。

狹小的辦公室，被到處擺放的通訊器材及各種不知名機械搞得亂糟糟。除了警方相關人士之外，海上保安廳、地方漁業公會、海運業者公會、通訊技術人員，還有海盜研究專家等等，總之種種相關人士聚集，使得現場宛如祭典般地熱鬧。

「這份是海盜社的社員名冊。其中約二十人目前下落不明。」

一踏進搜查本部，神奈川縣的刑警就遞給我一份厚厚的資料。這是此次事件的實行犯，安達宏典曾參加過的海盜社團名冊，也是找出與他一起從事海盜行為的人物之重要情報來源。

「而這本是失蹤者名冊，果然還是理科人居多。」

接著，他又遞給瀨島比剛剛的社員名冊再厚兩倍的資料。

「然後這個是津殿島的簡略地圖，還有過去曾設置在島上的氣象觀測站設計圖、過去國內發生過的海盜關連刑案資料……」

資料一疊一疊堆得高高。看來有很多工作要做。

當我正感到有些喪氣之時，發現四處不見濱村渚與上原大和的身影。

「濱村同學和上原呢？」

「哦，他們兩個剛才說要去超商買個東西，出去了。」

瀨島翻閱起海盜關連刑案資料，敷衍地回答我。

超商？

我心中湧上不好的預感，於是出去找濱村渚他們——至此也不過是十分鐘之前的事。越是不好的預感越是容易成真，當我才為了找他們而踏進超商幾步，海盜就隨後闖進店裡來。

【41273】手上的麻布袋已經撐得滿滿，一個不小心，一塊咖哩麵包從袋口滾了出來。

「裝不下了。」

「那就別裝了。」

「可是，那個很好吃喔。」

濱村渚硬是插進海盜間的對話。看她那副彷彿已經把剛才被槍口指著的恐懼忘得一乾二淨的態度，不只是我，似乎連海盜們也嚇了一跳。

「你是怎樣呀？」

兩人來勢洶洶。

面對態度高壓的海盜，濱村渚的發言卻完全超乎想像。

「我想成為伙伴。」

伙伴？她在說什麼？

「什麼啊？」

「我想成為你們的伙伴。」

濱村渚用水汪汪的眼睛瞄了我一眼，微微一笑。她是打算進去臥底嗎？

真是亂來。

「別說傻話了，像你這種小不點能幹嘛？」

「我是在拜託那個人。」

濱村渚用下巴指著在店裡默默搜刮飲料的男子。他的T恤上寫的數字是【60726】。

「你說什麼？」

「因為那個人，是你們三個人裡的老大吧？」

「啥……」

兩人頓時語塞。似乎是說中了。

可是【60726】從進了店裡就沒說過一句話，為什麼濱村渚能夠看出他是三人中的老大呢？

「你們T恤上的數字，是圓周率吧？」

「…………」

「小數點以下第286位到295位是607260249141273，也就是說02491比41273、60726又比02491……」

就算被反綁而無法手拿自動筆，她的能力仍然超群。

「……位置在前面。」

海盜們臉色鐵定變得鐵青，也應該明白了濱村渚的不尋常。我這才聯想到她剛剛與上原竊竊私語的內容，原來就是圓周率啊。

「帶他們走。」

不知在何時冒出來的【60726】如此說。於是仍不得解放的我們被迫站起身，就這樣被帶往津殿島。

夕陽早已西下。

Σ

任憑自然捲的長髮垂下，有著一張橫寬大臉，露出滿口黃牙哇哈哈豪邁大笑的男子，似乎已經醉了。

雖然與資料照片給人的印象不太一樣，但的確是安達宏典沒錯。

罩在他黑色背心下的骯髒T恤上面寫著【3.】，應該就是圓周率一開頭那「3.14」的「3.」吧。

翹著二郎腿，把一旁的木箱當椅子坐的長髮女性身上那件寫著【14159】的T恤，算是佐證了我的推論。然而這名女子，從剛才就一直不停重複撿起一根針，又將其朝著畫在桌面的幾條平行直線拋出的單調作業。

在她身邊，有個肌肉發達的光頭男子，正在隨性翻閱從濱村渚的小小肩背包裡取出的櫻桃筆記本，他的T恤上則寫著【26535】。

看來他們應該就是海盜集團裡地位最高的兩人。或許是安達在海盜社時的學弟妹吧。

海盜們把一棟廢棄民房的一樓隔間全部打通，弄出個大房間作為頭目們的家。看這樣子，似乎是正聚在一塊喝酒作樂。

「上頭寫些什麼？」

「這算式……」

光頭【26535】話說到一半就沈默了。

「是卡丹諾公式。」

濱村渚戰戰兢兢地說。安達臉色大變。

「給我看看！」

安達哐噹一聲將酒瓶擱下，伸手搶過筆記本。那粗魯的動作，要說他是個海盜也還真是有個樣子。

「你究竟是什麼人？」

安達拿著筆記本看了好一陣子，開口這麼問。

「我是濱村渚，是千葉市立麻砂第二中學的二年級學生。我想加入海盜的行列。」

濱村渚低頭拜託。我和上原也跟著低下頭，只見掛在【26535】腰上，劍身裸露的銳利彎刀閃耀著光芒。在津殿島海盜的領導團隊面前，我們已經無路可退。

「你知道我們的目標是什麼嗎？」

「呃……我不知道。」

聽濱村渚這麼老實，【14159】忍不住笑了。手上的針掉下來，與畫在桌面的一條平行線相交。

「叫我『魯道夫船長』吧！我是這海盜團的頭目。」

安達對著濱村渚說。

「這……我大概有看出來。」

「我們打算從津殿島開始，打造屬於黑色三角板的數學國度。不久後，預定會以這座島作為據點去襲擊沿海城鎮，將其置於我等的支配之下。」

好危險的計畫。但是看他們這樣囤積大量武器，似乎是認真的。

「為了鼓舞潛伏在全國各地的同志，我們也必須讓這個計畫成功！」

魯道夫船長一腳踩上木箱，拔劍高高指向天，飄來混雜酒味與海風鹹腥的味道。這男人完全陶醉在自己的世界。

「那真是太棒了。」

濱村渚很配合。

「實施高等數學教育——你也贊同黑色三角板崇高的目標嗎？」

「是的。」

「那，就來入團考試吧。」

他重重坐回原處，眼神挑釁。而【14159】和【26535】對於這名突然出現在眼前的國中女生究竟有多少斤兩，似乎也深感興趣。至於濱村渚，則是一臉「隨時候教」的微笑。

拿起酒瓶大大灌了一口酒之後，魯道夫瞇起眼。

「試證明圓周率是比3.05大的數。」

「3.05嗎？」

濱村渚雙手抱胸，好像很開心。

我與上原四目相視，試著回想在東海道線的車廂裡，濱村渚曾告訴我們的……但畢竟只聽了一次，根本什麼都想不起來。不知答不出來會怎樣？

「可以借用歐拉老師的力量嗎？」

濱村渚什麼圖形都沒畫，突然說道。

「啥？」

「是說，我可以運用巴塞爾問題的解來證明嗎？」

【14159】和【26535】都是一臉不解。但是魯道夫卻滿臉驚訝地睜大了眼，接著乾咳一聲，重整姿勢。

「你知道巴塞爾問題？」

「知道。」

「你會證嗎？」

「我想我……應該會。」

魯道夫若有所思，用他粗短的手指抓了抓臉。接著撂起佩劍，把餐盤上的烤雞俐落插起，再把劍尖向濱村渚面前一指。

「夠了。」

「什麼夠了？」

「你過關了。」

濱村渚露出笑容，往烤雞咬一口。

√9 海盜生活

「大海是恐怖的。直到剛才還風平浪靜，一回頭卻暴雨狂瀾，一個浪頭就將我們吞沒。無止盡的寬闊大海之中，到底潛藏了什麼，我們又是否真的能找到什麼，一切都不明瞭。既然如此，我們又為什麼要出航？」

穿著寫有【50288】T恤的男子，在講壇上用像是演說般的語氣訴說。在我們周圍，則聚集了同樣穿著寫有五碼數字的男女老幼比肩隨踵。我身上的數字是【46951】，上原說是圓周率第三百八十六位數以下的5位數。然而身邊數字這麼多，光是用看的就讓我難過。為什麼要給一個人分配到五個數字之多呢？

「那是因為，有些事物是只有到達那裡才能體會的！」

【50288】先是停頓一下，然後眼神閃閃發亮。

「數學也是同樣！我等現在就要出航，航向持續不斷讓人們沈迷的數學之海！」

這班數學海盜的一天似乎是從上數學課開始。真不愧是黑色三角板，也不是單單只會從事恐怖活動。

但接下來的幾個小時，對我而言只是痛苦的煎熬。【50288】今天的課是教橢圓，內容不斷出現運用西格馬之類等等看不懂的算式，感覺就像是在上外文課。數學，果然很難懂……

而濱村渚是否就開心聽課呢？很可惜不，她垂頭喪氣一直很憂鬱。濱村渚T恤上的【16094】是圓周率第396位到第400位數字，看樣子是目前島上排名最後的五碼。

「昨天到島上時還在嗎？」

她小聲地問我。

「這，我也不記得。」

濱村渚之所以會如此消沈，是因為搞丟了她那支粉紅色自動筆。至於是在哪弄丟了，她說自己也毫無頭緒。

要拿海盜團配發的白色自動筆來寫，似乎讓她很沒勁。

「那支是小千在生日送我的，是我的寶物。打擊好大……」
「小千？」
「啊，是我重要的朋友。」
朋友送的禮物——對於國中女生而言，的確是相當重要的東西吧。回想至今那支粉紅色自動筆所解決的種種案件，連我都感到非常失落。
不過，更讓我在意的是……
「小千是男生嗎？」
「才不是呢，是女生。她叫長谷川千夏，簡稱小千。」
我在在意什麼啊？
我不禁覺得有些害臊，於是將視線轉向坐在反手邊的上原大和的側臉。
雖然他能背誦圓周率到十萬位，但似乎不是那麼擅長數學。或許跟我一樣什麼都不懂，瞇起他上挑的眼睛盯著黑板看。原本身為警視廳鑑識官的上原，因為濱村的靈機一動而捲入這事件，還被帶到這種地方來……最大的受害者或許是他也說不定。

「今天的課程到此為止。午飯後，進行戰鬥訓練！」

【50288】一雙圓眼目光炯炯，結束了上午的授課。

午飯後的戰鬥訓練則是分別帶開，在不同的場域施行。我和濱村被分配到的是「射擊部隊」。由工科系的技術人員執著於海盜風而開發出來的木製槍械意外地沈重，光是要瞄準就相當辛苦。

碰咚！

儘管如此，畢竟我好歹曾在警察學校裡學習過射擊，得以一槍就命中了十數公尺之外的標靶。周圍的海盜前輩們見狀，紛紛發出「哦哦！」的讚嘆聲……如此第一次射擊就上手，不知是否會被周遭懷疑？

碰咚！

突然間，我剛才射中的標靶再次木屑飛散。

「嗚哇，失敗了。」

是站在我身旁的濱村擊中的。然而她的靶卻是在隔壁。數學能力似乎不影響射擊的準確度。

「【16094】！為何不照指示行動！」

擔任教官的海盜大發雷霆。教官是個聲音低沉，完全符合「不讓鬚眉」這般形容，體型壯碩的女性。射擊技巧也相當不得了。

「對不起，但是這種事……我真的不擅長。能不能將我發配到不用戰鬥的部隊呢？」

「我們可是海盜耶？不戰鬥，要怎麼拿下地盤！這一切都是為了要建設美麗的數學之國啊！」

「是……」

與平常不同，濱村顯得消沈。果然丟了自動筆造成的打擊似乎不小。

「呃，請您不要這樣一直罵她好嗎？」

我不禁插嘴。教官狠狠瞪了我一眼後，逼上前來。

「你這傢伙，是要命令我嗎？」

這裡的海盜規則十分注重上下關係，違抗比自己上位的人物是不被允許的行為。雖然不知道教官她T恤上的【83279】究竟是第幾位，總之一定是在我之上。在我之下的，只有上原大和與濱村渚兩人。

至於違抗海盜會怎樣……我們很快就親眼見識到了。

「滾開！滾開！」

連聲咆哮傳來，在場的海盜們讓開一條路。魯道夫船長用右手抓著一名男子的頭髮拖行而來，男子身上T恤的數字是【01133】。

氣氛不尋常。魯道夫左手拿著酒瓶，看來是才白天就喝茫了。

在他身後，則跟著昨天見過的那個粗獷光頭【26535】。

魯道夫走向長在練習射擊用的標靶間的一棵樹，將【01133】壓制在樹下，讓【26535】拿著繩索將其綁在樹幹上。

「這個傢伙企圖從糧倉偷取麵包！」

彷彿地面都在震動般的巨大的沙啞吼聲想起，在場者莫不為之戰慄。這具有威壓感的怒吼，不愧能被稱為海盜船長。可憐被綁在樹上的男子，似乎都快要哭出來了。

「根據海上的規則，擅自竊取有限食糧是罪該萬死之事。所以，我們將對此人處以死刑！」

處死？這怎麼成。

一陣譁然。就連圍觀的手下們之間，也滿溢著「這太嚴厲了吧？」的氛圍。

魯道夫絲毫不在意周遭的躁動，踏著腳步聲大步走離那顆綁著男子的樹，拔出腰間的槍。雖說是仿古製造的槍枝，仍確實具有殺傷力。

「請別這樣做。」

正當任誰都因為魯道夫船長的殺氣感到害怕之際，一個聲音打斷了他的行動。聽來絕非慌張失措，要說的話更像是沈著冷靜的聲音。

開口出聲的，正是我們熟悉的濱村渚。

在清澈的藍色晴空之下，魯道夫用因酒醉而布滿血絲的眼睛怒視向她，右手仍握著裝著子彈的槍不放。

「是你啊。」

「你要是殺了那個人，就會中斷了。」

濱村渚伸出食指這麼說。是她在講述數學時的態度。

「中斷？」

「圓周率是永續不斷的數字。雖然不知道【01133】是小數點之後的第幾位數，但若是有所欠缺而中斷，圓周率就再也不是圓周率了。身為榮譽的數學海盜團，你不能這麼做，不可以。」

這簡直是——我無法理解的勇氣。這就是真誠面對數學的表現嗎？

魯道夫稍微考慮了一下，露出他泛黃的牙齒來了個殘忍的笑容。接著又走近【01133】，從口袋裡掏出了一團東西，放在【01133】的頭上。

那是一顆蒂頭附近顏色尚青，看起來不怎麼美味的蘋果。

「後面連第幾位都搞不清的數字，就算少個5位數，也不會有人在意。」

魯道夫喃喃這麼一句後，就把手上的槍朝著濱村丟過去。

「如果覺得那樣微小的數字也很重要的話，就由你來救吧！」

「要我做什麼？」

「只要你射穿那顆蘋果，我就饒過那傢伙一命。」

「咦咦？」

不但是要國中生開槍，還要對方射穿放在活人頭上的蘋果，沒想到世上還真有人會做這種事……魯道夫船長像是沈醉於自己的殘酷般哈哈笑了兩聲，接著左手便拿起酒瓶往嘴裡狂灌。

濱村不安地凝視自己手中的槍。她的射擊技術之爛，剛才在場的所有人都見識過了。一個不小心，說不定她還會犯下殺人罪。

蔚藍的天空，漫長的沈默。只有相模灣的海浪聲作響。

濱村渚年輕的頭腦也猶豫了一陣。

但即便如此，她仍下定決心，舉起顫抖的雙手，將槍口朝向【01133】。

Σ

「對船長感到不滿的傢伙其實還不少呢。」

上原大和壓低聲音向我們報告。這座島嶼後方的高台，位於面向往相模灣外開展的太平洋的懸崖邊被整理成一處小廣場。中央插著一根立柱，上面則有一面黑色三角形板的標誌旗，和一面額頭上寫個「π」的水色骷髏旗隨風飄揚。周圍已經變得昏暗，除了我們三個人以外，沒有其他人影。

「小數點後第106位數以下的人，幾乎都很討厭船長。」

上原和我們不同，被分配到擊劍部隊，這些是他在那裡收集的情報。雖看起來像個混混，卻相當有行動力，逐漸讓人感覺可靠。

「那，他們為什麼還要參加海盜團呢？」

「批判數學教育的現狀，他們投身於黑色三角板——到這還好，但之後組織便擅自將其配屬進海盜團，強迫帶到這個島上來。」

原來如此……這麼一來，這班海盜沒有想像的團結也說不定。

「和當初參加組織時所以為的活動內容實在差太多，大家都感到困惑。但要是反抗船長，就會被殺掉……」

除了原本就是海盜社的幾個人以外，其他人都是被迫的。

「至今以來，有幾個人被殺掉了呢？」

濱村渚以不安的眼神望向上原，她還是在擔心圓周率中斷嗎？

「聽說倒是還沒人被殺。」

「是這樣嗎，真是太好了。剛剛那個人，也被武藤先生救下來了。」

濱村轉向我，輕輕微笑。

方才的那陣騷動，在她開槍前，我就先動手射擊了。雖然有點緊張，但我射出的子彈順利擊碎了【01133】頭上的蘋果，而他的頭則平安無事。雖然這麼說有些老王賣瓜，我覺得自己還真是表現得不錯。周遭甚至還響起了拍手聲。

魯道夫船長狠狠瞪了我一眼後，很不爽地咂了聲嘴。然而自己話已經說在前面，這下也不得不饒過【01133】一命，於是就這麼和光頭【26535】

一起離開了現場。

我一定已經被盯上了吧。

「可是，這麼說來，現在這個島上，除了魯道夫船長之外，另外還有八十個人在一起生活呢。」

濱村絲毫不在意我的擔憂，一邊凝視著夕陽下漸漸消失的水平線，一邊這麼說道。

「咦？」

「不是嗎？最後一名的我，分配到的是小數點後第396位到400位的數字，一個人分到5位數，所以就是400÷5，等於80。」

這麼說來的確如此。是很單純的計算。

「武藤大哥，要是除了排前面的幾個人之外，大家都想脫離這裡的生活，是不是可以引發叛變呢？」

上原看向我的眼神，就像是要找我打架似的。不愧是出身自尾財拓彌的鑑識課23班，發想也很偏激。

「叛變……是說，我們也不知道排前面的原始海盜社成員有多少人，他們一定不會背叛魯道夫的吧？」

「他們大概會有幾個人呢？」

「就在津殿署看到的名冊，縣警說大概有二十人左右不知去向。」

如果原始海盜社成員二十人全都參加了這個海盜團，那麼會背叛的人恐怕就不多了。到底有幾個人會誓死跟隨魯道夫呢？

此時，濱村嘻嘻笑了出來。她任由海風吹撫，用左手撥弄著瀏海。

「沒有那麼多人喔。」

聲音充滿自信。難道她注意到了什麼線索嗎？

「就只有七個人而已。」

我和上原不禁倒抽了一口氣。

「為……為什麼？」

「剛才【01133】差點被處死時，我就完全明白了。魯道夫船長他根本不在意後面位數的數字。」

我完全……不明白……

「其實在我知道T恤上寫的數字都是5位數時，就約略察覺了——就算圓周率是永續不斷的數字，一個人分到5位數，難道不會覺得太多嗎？又不是大和先生，一般人不會記得那麼多數字的。」

濱村拉扯自己的T恤，給我們看她的【16094】。說的也是，就連自己的數字，不特地看T恤可能都搞不清楚。

「船長為了區分原始成員和非原始成員，刻意給每個人分配5位數。你還記得嗎？在電車裡提到的，魯道夫．馮．科伊倫先生的故事。」

「嗯，我記得。用圓的內接正多邊形來求圓周率的人。」

「是的。船長很明顯就是意識著魯道夫．馮．科伊倫先生，才會自稱為『魯道夫』。而魯道夫．馮．科伊倫先生耗費一生求得的圓周率，則是到小數點後第35位為止……所謂『魯道夫數』。」

原來如此，是這樣啊。

「在創辦海盜團的時候，為了將這35個數字分配給聚集而來的海盜社成員，於是T恤的數字就變成每人5位數了。因為35÷7等於5。」

「……這麼說來，原始成員以外地位最高的，是第八個人，穿著小數點後第36位到40位數字T恤的人？」

「我認為是如此。」

天色昏暗，已經無法確認她的表情。

「到這裡，我想請問大和先生，第36位到第40位的數字是多少……」

「41971。」

當然是秒回。

「分配到這個數字的人如果也對船長不滿的話，或許就能將其當作新的領袖，反將船長他們一軍也說不定。」

看來濱村也打算順應上原提出的「叛變」這個點子。這種事，真的辦得到嗎？

「大和先生。」

「嗯？」

「很有用的，圓周率。」

「…………」

在黑暗中，看不清上原的表情。但那陣沈默，卻傳達出了他害臊與自豪交織的感情。

「請不要再說沒用了喔。」

「哦。」

上原用幾乎快被海潮聲蓋過的細小音量，只回了這麼一聲。

$\sqrt{16}$ 黑鬍子老師

41971。

拼命記下這串數字後，從第二天清早起，我們開始尋找有誰穿著印有數字的T恤。四處觀察的結果，雖然找到了排名最前面的七人，卻就是找不到排名第八的【41971】。地位高的七個人，除了魯道夫身旁的女性和光頭之外，就是糧倉守門人、劍術與槍術各自的教官，以及兩名數學講師。的確，這幾名男女的舉止都十分像海盜。

上午的數學課，指定做為教室的是過去曾是氣象觀測站的房間，我和濱村、上原三人刻意分散坐在房間的三個角落，趁站在台上的【50288】不注意時，暗中確認了周圍人們T恤上的數字，但怎麼樣都找不著【41971】。

中午休息時間。上原說要去和在擊劍部隊認識的人談談，出了教室。算是比較怕生的我和濱村則暫時停下找人，就這麼留在教室裡休息，打開配發的麵包袋。

「嘿，你們兩個。」

聽到曾聽過的聲音，我抬起頭來，看到【41273】也在教室裡。他是在超商將我們綁起來，帶到這個島上的三個人之一。

「啊，你好。」

「你們昨天好像大幹了一場啊，大家都在傳。」

大概是指處死的那陣騷動吧。我禮貌性地笑了笑。

【41273】走到我們面前坐下，打開了咖哩麵包的袋子。

「說來我想一直問，你為什麼會想要成為我們的伙伴啊？」

看來他是對濱村渚有興趣。濱村邊撕著自己的果醬麵包，邊看向【41273】。

「因為我喜歡數學。」

「這樣啊。」

毫無迷惘的回答。但又看她口出如此直率的話語時，總讓我怦然心動。

「【41273】先生呢？」

「啊，我啊……與其說是數學，我是工科出身的。」

「工科呀。」

「所以，對於和物理沒有關係的數學之類，本來是沒什麼興趣。」

【41273】直接咬咖哩麵包。

「但是來到這座島，上了某堂課之後，開始對於數學抱持興趣了。」

「哦……是什麼樣的課呢？」

「是數論。老師的授課內容很有趣。那個老師下巴長滿了鬍子，大家都叫他『黑鬍子老師』，原本很受歡迎的。」

「跟現在的老師不一樣嗎？」

「在你們來到這座島之前沒多久，黑鬍子老師和魯道夫船長因為圓周率的事吵了起來……」

【41273】的臉色愈來愈難看。魯道夫充滿威壓感的表情，在我的腦中浮現。

「黑鬍子老師怎麼了嗎？」

濱村停下吃果醬麵包，戒慎恐懼的問道。

「不知道。」

「不知道？」

「聽人說，好像被關進了地下牢房。」

「地下牢房……」

島上連這種設施都蓋了啊。

話說回來，居然和魯道夫船長吵起來，真有勇氣。說不定……

「你記得他身上T恤的數字嗎？」

我打了個岔。

「黑鬍子老師的嗎？要全部的話是記不得了，只記得跟我一樣，是41開頭的。」

極有可能是【41971】。這樣一來，就必須找出地下牢房的位置了。

「說起來……」

是濱村。她又注意到了什麼嗎？

「前天載我們過來的船，是停在哪裡啊？」

「在後面的港口。」

濱村看了我一眼。似乎是要我陪她走一趟的意思。

Σ

在那之後，沒隔多久，我們就見到了殷切期待見上一面的黑鬍子老師，但也伴隨了一些痛楚。

咚磅！

光頭【26535】粗暴地將我和濱村扔進了某個房間。由潮濕的混凝土牆和地面構成的狹小黑暗房間——是地下牢房。

「好痛喔！」

濱村揉著她的腰的同時，伴隨「喀喳」一聲暴力的巨響，鐵牢的鎖頭被重重扣上。

「處分會另外再通知！」

用充滿憤怒的語氣撂下這句話之後，【26535】就離開了。在鐵牢的外側，站了一個又是滿臉憤怒的獄卒。他的體型比【26535】還要壯碩，看起來也更孔武有力。T恤上的數字是【20899】，雖然因為上原不在，我們當然不知道是第幾位數，但他一定不是原始成員。

我們會被扔進地下牢房的理由，是「沒有切斷與本土的人際關係」。

濱村要我陪她去船裡走一趟，並不是要準備對付魯道夫的作戰，而是為了找自動筆。她認為如果沒有掉在島上，那就一定是掉在船裡——由於講也講不聽，我也只好陪著一起在船裡找。

我雖然很明白那支自動筆對她而言有多麼重要，但要是在這種地方，被海盜發現的話……而這種不祥的預感，往往會成真。

碰巧經過的光頭【26535】因為看到船隻晃動得厲害，覺得有異，於是往內一探，就發現了我們。

光頭問我們在幹什麼，濱村渚也老老實實地全盤托出。

「那是朋友給我的，對我而言很重要的自動筆。」

她說道。但這說詞似乎行不通。

「要忘掉本土的家族、朋友！我們要為了美麗的數學創造理想國度！」

「可是……」

或許是不爽本來就已經因為處死騷動被盯上的我們還敢回嘴，【26535】的光頭像是煮過的章魚般整顆紅通通，抓起我們兩人的衣領，就這麼拖進了地下牢房。那超強的腕力，實在讓人難以聯想他會夢想建設數學國家。

「你們不要緊吧？」

微弱而蒼老的聲音，從牢房昏暗的深處傳出。

仔細一看，有個斜靠在牆邊盤坐的人影。是個男性。聲音蒼老是因為他很虛弱，實際的年齡應該沒那麼大。

「啊！」

濱村看到他就大喊了一聲，這使得獄卒狠狠地瞪向我們。

「對……對不起。沒事的，沒事。」

濱村笑了笑敷衍過去，接著往我這裡爬了過來，輕聲在我耳邊這麼說。

「武藤先生，您看。那個人穿的T恤。」

我瞇起眼睛，聽從濱村的話看向男子的T恤。【41971】。沒錯。是排名第八的男子。

可能是因為被監禁已久，男子的面容顯得十分削瘦，但他嘴邊的黑鬍子卻是長得茂盛。

「你是黑鬍子老師嗎？」

我問道。看見他無力地笑，我想我眼睛比較適應些了。

「請問……」

才開口，我就想糟了，趕緊回頭看。一臉凶相的獄卒正監視著我的一舉一動。在這情況下根本無法與之討論籌畫叛變的話題。更何況，要逃出這裡也是不可能的。

明明好不容易才見到黑鬍子老師的說。

「武藤先生，請借我自動筆。」

不知何時，濱村已經拿出了櫻桃封面的筆記本。她大概是把配給的那支自動筆亂放到哪去了吧。我從口袋裡拿出白色的自動筆，交給她。

「這種筆，好難寫喔。」

濱村一邊抱怨，一邊將筆記本翻到空白的頁面，寫上由「f(x)=」開頭的一則算式。

「我想請您看看這個。」

說著，她把筆記本拿給黑鬍子老師看。此時，獄卒忽地站起身來，滿臉狐疑地看向兩人。

「你們在做什麼？」

「我們在討論數學，不可以嗎？」

正中下懷，濱村把筆記本內頁朝向獄卒給他看。

雖說被分配到獄卒的工作，畢竟是寄身於黑色三角板的一員，應該多少有些數學知識，會對那則算式有興趣吧……沒想到獄卒卻一臉複雜，揮揮手示意隨便你們去。

「非常謝謝您。」

濱村看似開心地回到黑鬍子老師身邊後，又繼續往算式底下的空白寫。

在這種狀況下，她到底想要做什麼？真的是無論何時，都只想著數學的事。

「將這個算式微分之後，不是會變成這樣嗎？」

微分啊。反正一定是我看都看不懂的吧。我這麼想著，望向她的手邊，嚇了一跳。

——我們想要借助老師的力量。

我立刻偷看了獄卒。獄卒目光掠過剛才的算式，完全相信濱村他們是在談論數學話題。接著看向黑鬍子老師，他倒是撲克臉，表情毫無起伏。

「在這之後，要怎麼做，才能好好整理呢？」

黑鬍子老師緩緩從濱村手中接過自動筆。

「從這裡的係數著手，將這裡，這樣，做分解。」

嘴上雖然這麼說。

——請告訴我詳情好嗎？

看來黑鬍子老師一瞬間就把握了情況。

濱村接過自動筆。

「那麼，這裡是這樣處理嗎？但是這麼算，不會很怪嗎？會多出一項吧？」

——我們想要對付魯道夫船長和『魯道夫數』的七個人。我身邊的這位武藤先生，是警察。

……雖然把「警察」給寫錯了，但濱村渚嘴上一邊聊著如何操弄算式，手邊卻在不讓獄卒發現的情境下，偷偷寫起叛變的計畫。而黑鬍子老師也同樣配合她如此做。真是太可怕了，數學愛好者的能力。真是太可怕了，濱村渚的計算筆記。

我完全跟不上，只能靜靜地看著他們。

Σ

黑鬍子老師在黑色三角板發表恐怖活動聲明之前，好像是在高中當數學老師。對於數學教育該有的形式抱持著疑問，參加了黑色三角板，成為這個海盜團的數學課程講師，被授與了僅次於魯道夫數的小數點後第36位到40位的數字。

他起初也對這個組織保持合作的態度。上台授課也受到海盜學生歡迎，還被稱為「黑鬍子老師」受到景仰。當數學自日本教育界消失的現在，即使授課的對象是海盜，能夠站在講台上教數學，對於一名前教師來說是至高的喜悅……他曾經這麼想。

可是漸漸地，他對於魯道夫船長的做法湧上疑問。一邊說要建設美麗的數學國度，實際上卻進行著槍術與劍術的練習等等，顯然是養成恐怖組織的活動。除此之外，魯道夫還打算用數字來支配他人……對於熱愛數學，並且以教人領會其樂趣為志業的黑鬍子老師而言，這實在是無法忍受之事。

——我明白，老師。

談到這裡，濱村渚也在筆記本上這麼寫，表達同意。

魯道夫船長和黑鬍子老師之間的關係日漸險惡……終於在某天，兩人爭辯起圓周率的用途時引爆衝突，黑鬍子老師完全被當作「叛徒」，被關進了牢房。

——只要老師成為領袖，就足以引發叛變。即便加上魯道夫船長，對手也只有八個人而已。

原本以為他會附和濱村渚的這項提案，沒想到不如預期，黑鬍子老師的反應很冷淡。

——就算我登高一呼，事情還是一樣的。

——不會的，請您幫幫忙。

——我不喜歡身居高位。

透過櫻桃筆記本，濱村持續說服著他。但黑鬍子老師也相當頑固。

就在此時，傳來了咔喀咔喀作響的粗暴腳步聲。獄卒急急忙忙起身恭迎那名男子。

滿是泥土的長靴。互相摩擦而發出喀喳喀喳聲的槍與軍刀。留長的頭髮與黃色的牙齒，那張方形臉不只是酒氣沖天，更是充滿憤怒……蠻橫的海上男人，魯道夫船長。

濱村也急急忙忙闔上櫻桃筆記本，往自己腳下藏。

魯道夫來到牢房前朝我們張望，接著大聲怒吼。

「【46951】！給我出來！」

那個數字……是我的T恤上寫的數字。

我惶恐不安地走過去，鎖頭喀喳一聲被打開，只見魯道夫船長將右腳踏進了牢房。

緊接著的是來自頭頂的一陣劇痛。魯道夫伸手拉扯我的頭髮——好重的力道。我一句話也說不出來，就這麼被他拖行出牢房。

「你這渾蛋！你當我沒長眼睛嗎？」

好痛。他到底在說什麼？

「在津殿署臥底的黑色三角板同志來了聯絡。說有個從東京來的警視廳刑警，現在好像行蹤不明啊！」

我背上盡是冷汗，沒想到署內會有他們的間諜。

「同志傳送了那傢伙的照片來。你看看這副長相！」

魯道夫放在我面前的那張照片裡……正是我的臉。我百口莫辯。只能放棄掙扎了嗎？

「我們之前都太過懈怠了。」

「你要對他做什麼？」

黑鬍子老師從牢房裡問道。

「我要處死他！這次是來真的！」

說著，魯道夫船長又拉扯我的頭髮，將我重重按在牆上，接著哇哈哈哈的殘忍地笑著。

接著就維持這樣的姿勢，用他充血的眼睛往牢房裡看。

「至於跟這傢伙一起上島的兩個人要怎麼處分，之後會再通知！」

魯道夫這麼叫喊著，再度高聲笑了起來。

「可沒那麼樂觀啊。」

就在這性命存亡之際，濱村渚不安的臉龐看起來更小了。

在我的眼前，碧藍色的海洋延伸至海平線。身處於藍天與碧海之間……心情卻一點也不輕鬆。

因為我現在雙手和身體一塊被繩索捆綁，被迫站在自懸崖突出的細長木板上。腳下懸空約三十公尺都是空氣，在那之下，白色的海浪沖擊著峭壁，持續產生滿溢殺氣的泡沫。從這裡掉下去，就意味著死亡——這就是海盜式的行刑方式嗎？

懸崖邊上，為了處死我而齊聚一堂的魯道夫船長及眾海盜們，紛紛展露殘忍的笑容。3.14159265358979323846264338327950288——圓周率小數點後三十五位，「魯道夫數」悉數登場。

而在其身後更是站著一大群海盜。就算他們對於魯道夫抱持反感，但在這種狀況下還有勇氣敢唱反調的人，應該是不存在的。

身體被綁住，再加上海盜人多勢眾，根本不可能逃脫。我就要葬身此地了。會有幾個人記得我——潛入恐怖組織「黑色三角板」而殉職的傻刑警，武藤龍之介的名字呢？

魯道夫船長在我的眼前看似很享受地喝了一口酒瓶中茶色的酒，滿足地舔了舔唇，看向身旁的【26535】。

「動手。」

光頭【26535】點點頭，抽出腰間的軍刀走向我。用閃閃發光的刀刃，抵著綁在我身上的繩索。

這使得我的身體又往海面移動了幾公分。咯吱。支撐我身體的木板，發出了令人心驚的脆裂響聲。

在魯道夫和海盜社成員身後圍觀的下級海盜之間，傳出了恐懼的嘈雜。然而其中長髮的女性【14159】卻突兀地哧哧竊笑，上午站在講台教數學的【50288】也在笑著。

……瘋了。果然，這個恐怖組織根本瘋了。

「嗚哇啊啊啊！」

無法抑制的恐懼自我體內爆發。藍天碧海間，被如此眾多的人群包圍，但其中卻沒有任何一人是我的伙伴。現在才感覺，這種情況實在太可怕了。

看到我陷入恐慌，魯道夫更是尖聲狂笑。

要殺的話，就快點殺了我吧！用那把尖銳的軍刀戳刺我的身體，將我推入相模灣的白浪中！

「住手！」

此時，人群的後方傳來男子的聲音。眾人回頭。

「……老師……」

有人說道。魯道夫的臉色一變。

「……黑鬍子老師。」

「老師！黑鬍子老師！」

下級海盜們開始喧譁。【26535】停手不再用軍刀戳我，張著嘴，面露驚訝。其他的海盜成員也停下動作，只是望著突然出現的黑鬍子老師。

但我的視線並沒有停留在他的身上。我看到的是在黑鬍子老師的背後，跨坐在那個粗獷獄卒的肩膀上被帶到現場，看起來很害臊的濱村渚。

「是你……！」

魯道夫船長就像是要即刻給對方來上一刀似地，向前擋住黑鬍子老師的去路。

「你為什麼能從牢裡出來？」

獄卒一臉若無其事。看來他也是黑鬍子老師的伙伴。

可是，那樣固執地不肯成為叛軍首領的老師，為何會點頭答應出面……濱村渚究竟是如何讓老師改變心意的？

「你又想反抗我嗎？」

魯道夫拔出劍，盯著黑鬍子老師看。老師看著對手的臉，在短暫的沈默之後開口了。

「一六二一年，魯道夫・馮・科伊倫，35位數。」

「什麼？」

「一七〇六年，亞伯拉罕・夏普，71位數。同年，約翰・梅欽，100

位數。」

魯道夫的表情扭曲。

「一八四四年，司特拉斯尼茲奇，200位數。」

黑鬍子老師似乎是在羅列人類求取圓周率位數的計算歷史。

「一九四九年，喬治．韋斯納，2037位數。一九七三年，吉尤、布耶組，100萬位數。一九八一年，三好、金田組，200萬位數……」

「煩死了，煩死了！那又怎麼樣！」

「我們人類為了求取更為精確的圓周率而一直相較至今。刷新紀錄的人便會受到尊敬，而為了超越其成就，其他人又再投入更多努力……這樣的較量直到今日仍在持續。」

彷彿揮著劍的魯道夫船長絲毫不足為懼似地，黑鬍子老師靜靜走上前。海盜們已經完全為他的宣講所吸引。

「圓周率這個數字，愈是後面的位數愈是精確。愈是後面的位數，愈是值得尊敬，這是不證自明的道理。」

「你說什麼？」

海盜之間又是一陣喧譁——愈是後面的位數，愈是值得尊敬？

「現在，這座島上位數最後面的是……」

黑鬍子老師伸手指向一處，眾人的視線隨之聚集。

那個數字是小數點後第396位到400位的【16094】……濱村渚的T恤上寫的數字。而被指著的她，則是一臉害臊地用左手撥弄著瀏海。

哦哦——！至今以來的價值觀被翻轉過來時，不由自主發出的感嘆之聲接二連三。透過黑鬍子老師的宣講，看來大多數的海盜們總算理解了這座島上最值得尊敬的數字是什麼。

「誰會認同那種謬論！圓周率的本質是幾何學！只有通過幾何學求得的魯道夫數，才是唯一值得尊敬的圓周率。小數點後400位？那種毫無用處的微小數字，直接捨去也沒關係！」

「沒錯！」

可是，附和魯道夫的也只有「魯道夫數」的成員而已。小數點後第36位數以下，也就是分配到比黑鬍子老師還小的數字的人們，已經都不再迷惘。

「嗚喔喔喔喔！」

突然間，我們聽見一聲雄壯的吶喊。從人群的後方，一名男子氣勢如虹地衝了出來。殺氣騰騰，手上還拿著劍。

鏮！鏮！……男子就這麼趁勢與【26535】打了起來

「……0553842717628035279128821129930……」

雖然不知道是數到幾位數，但一邊喃喃自語著數字，一邊展現精湛劍術的這個人物，正是被圓周率附身的男人，上原大和。

「上、上啊！」

有人喊道。使得「魯道夫數」的成員們感受到了危機。

長髮一甩，率先逃跑的是【14159】。【26535】也一個使力，推開了上原，匆匆快步離去。其他的五個人也各自奔逃。被留下的魯道夫船長臉上則滿是焦躁。

「小數點後第36位以下的各位！」

濱村渚揮手一喊，正準備追向「魯道夫數」成員的群眾都在瞬間停下了動作。

「請不要捨去任何人。一旦捨去，圓周率會因此中斷了。」

哦哦——！目睹濱村渚面對數學的那份真誠，每個人的心似乎都被打動了。這名國中生已然成為這個海盜團的首領。

碰！

槍聲一響。子彈擦過了她的臉龐。那水汪汪的眼睛不禁睜得大大。

魯道夫船長嘖地一聲咂了下嘴，旋即飛奔而逃。

「追！」

伴隨著地動山搖的腳步聲，魯道夫數後面的數字們追趕魯道夫而去。

海盜社團的成員們被抓也只是時間的問題吧。一時之間，只剩獄卒和騎在他肩上的濱村渚，以及黑鬍子老師留在原地。

完全被忘在一邊的我，則是仍然身處海面上三十公尺高的狹長木板上。

雖然雙腳也被綁著，但一點點地移動著腳步，也總算回到了懸崖上。

「你沒事嗎？」

從獄卒肩上一躍而下的濱村渚靠近我，開始為我解開繩索。她的右臉頰因為被剛才的子彈擦傷稍稍發紅，有點滲血。

「你流血了呢。」

「啊！」

無視於我的關心，濱村停下解開繩索的手。到底是怎麼了……？

「這個綁法好特別喔。」

咦？……難道在這時候也要談數學？

「老師！你快來看這個綁法。要是這樣子往這個方向打開的話，繩結就會變成兩個了呢。」

黑鬍子老師也繞到我身後，開始盯著綁在我身上繩索的繩結看。

之後的一段時間裡，兩人並沒有為我解開繩索，而是針對「繩結理論」進行了討論。真是拿這些數學愛好者沒辦法。我和不由得在場的獄卒不時對望幾眼，頻頻露出苦笑。

Σ

島嶼後方的高台上，黑色三角板的標誌與數學海盜團的骷髏旗幟飄揚。晴天之下，碧海一望無際。

魯道夫船長一個人望著汪洋大海，將槍口抵在自己的太陽穴。平靜的海潮聲，做為一個人死亡的點綴，實在是過於安詳的BGM。

扣在扳機上的手指，加重力道。

碰！碰！

交錯的兩聲槍響。下一個瞬間，魯道夫手持的槍枝描繪著絕妙的拋物線，落入了相模灣的海浪之中。

將他手中的槍擊落的子彈——當然是我擊發的。總之是趕上了。

「是你們啊。」

魯道夫回頭看，用充血的眼睛瞪著我們瞧。

「一開始的數字怎麼能死呢？」

「讓我死了吧。我連像你們這些微小的數字，都無能支配。」

「雖然我不太懂，可是……」

濱村一邊望著眼前寬廣無盡的大海，一邊用左手撥弄起瀏海。

「數字並不是用來支配，而是應該要去探索的吧？」

「探索？」

「是的。」

已經覺悟一死的魯道夫，從鼻子呼出濃濃酒味的氣息，用蒼白的表情，一臉不可置信的反問。

「小數點後第幾萬位、幾十萬位……去探索那些細碎，有何意義？為何數學家們要去追尋那些如此微小的數字？」

濱村渚將目光從海面水平線移到他的臉龐，視線充滿真誠。

「因為，有些事物是只有到達那裡才能體會的。」

「什麼？」

「來到這座島後上的第一堂課提到的。圓周率和大海一樣，一樣是無止盡的寬闊，究竟潛藏了什麼，是否潛藏了什麼也全是謎。但是我們仍然追尋著圓周率，讓我們為之著迷的圓周率。」

「…………」

面對年輕數學海盜真摯的態度，魯道夫似乎已經無言以對。

濱村撿起了魯道夫放在一旁的劍。

「既然是海盜，就讓我們出航探索寶物吧！」

她將劍往前一指。劍尖指向太平洋的彼端，反射陽光耀眼無比。

「航向無邊無際的圓周率之海！」

魯道夫、我、還有黑鬍子老師，都不由自主地望向那片汪洋的海平線。

或許只有眺望著大海思索過圓周率的人，才能夠理解圓周率真正的雄偉壯大吧。從「3.14」開始的那個數字，足以填滿這個相模灣、填滿太平洋，填滿地球上所有海洋……即便如此，仍然無窮無盡。規模如此龐大的數字，這個嬌小的國中女生現在竟然與之正面對峙！而除了海盜以外，確實也沒有人能對付這種海量之數了吧。

「看起來，似乎不用擔心了啊。」

不意間，從我背後傳來聲音。明明十分熟悉，現在卻又倍感懷念，那個傲慢的聲音。

「瀨島先生！」

濱村把劍一扔，往我這裡看過來。果然，瀨島直樹不知何時已經來到了我身後。

「你什麼時候到島上來的？」

「剛剛。為了讓神奈川縣警出動，花了不少時間。也派出大批機動隊，但到場前嫌犯幾乎都已經被抓了。大山正在把那些人押送進警察的船上。」

瀨島看著我的臉，像是想開嘲諷般地笑……嗯，該從哪裡講起這次濱村渚活躍的事蹟呢？能夠的話，希望能將我的不中用隱而不談。

「喂，濱村！你掉的東西。」

不知道瀨島是否注意到我的感受，他走近濱村，交給她一樣東西。

「啊——！是在哪裡找到的呢？」

正是朋友給她的那支重要的粉紅色自動筆。

「就掉在超商裡啊。也因此才知道你們被綁架了。」

「真的非常謝謝你！」

天真爛漫的濱村跳了起來。看著那樣的她，我卻察覺某種可能性，甚至不禁感到恐懼。

該不會是……故意留下的吧？

就在做出無謂猜測的我面前，她開心了一陣後，轉身朝向魯道夫船長，露出微笑。

「船長。我找到我的寶物了。」

聽到她這麼說，魯道夫驚訝地張大了嘴。接著他往地上一跪，上半身就這樣後仰過去，面朝天空張開雙臂。沒多久，就像是潰堤似地，哇哈哈哈哈的豪邁大笑起來。雖然我沒有走近確認，但魯道夫那雙充血的眼睛，看來似乎還含著眼淚。

旗幟隨風飄揚。水色骷髏頭的額頭上清楚地刻著「π」這個文字。那是將永續不斷的數字用僅僅一個符號封印起來，大膽無畏的人類睿智。

Π

津殿署門前有輛警車待機。時間已經過了晚上七點。

「住這裡一晚不就好了。」

大山這麼說著，啪地一聲闔上了手邊的資料。

「那可不行。已經請了三天的假，而且明天第一堂還是體育課呢。」

濱村渚剛剛沖完澡，一身清爽。

雖然已經逮捕了海盜們，但津殿署內依然忙亂——與其說是依然，由於是在這安靜小鎮進行前所未有的大規模取締，比起之前，相關人員的進出更是有過之無不及。剛從島上回來的我，也為了將這三天裡發生的事情整理成報告，不得不繼續留在署裡。

在這之中，還是國中生的濱村渚則為了學業，將由神奈川縣警調用警車送回千葉。

「濱村渚！」

有個聲音叫住了走向警車的她。

是上原大和。

「怎麼了嗎，大和先生？」

上原小跑步來到警車前，卻害臊地壓低了他那對銳利的目光。

「我……至今都一直認為自己能記住圓周率是一件毫無意義的事。那是因為沒有任何人告訴我，背誦這些有什麼用處。」

接著，上原向前走近一臉訝異的濱村渚一步，這麼説道。

「這次，能夠幫上你的忙，我感到非常自豪。」

能夠背誦圓周率十萬位的特技……對於歷經如此動盪的三天的我來說，沒有比這個更值得尊敬的能力了。

浜村略加思索，豎起右手的食指，靠近自己的唇邊。

「大和先生，你知道現在圓周率被求取到第幾位了嗎？」

「咦？」

「一兆位喔，一兆位。」

「一兆……」

無法想像有多少位數。上原的眼神都傻了。

「有個可以持續挑戰一生的目標，真是令人羨慕。」

說完，濱村渚露出微笑，輕輕揮了揮手，坐進了警車的後座。

引擎作響，警車駛去。

我和上原靜靜目送著轉眼間漸行漸遠的紅色尾燈。

——因為我喜歡數學。

濱村渚。只是喜歡數學的一個普通女孩。但是，就連痛恨數學恐怖活動的我們，在她的面前也會屈服於數學的魅力。解決起來需要花費數千年歲月的難題、令人為之驚訝的美妙解題，許多許多沈睡在這個世界裡的問題，正等待她去探索吧。

「武藤！」

聽到有人叫我名字，我回過神來。瀨島誇張地揮動雙臂，站在津殿署的入口大喊大叫。

「畢達哥拉斯博士的聲明上傳到『Zeta Tube』上面了！」

……又來了！

我一邊往揮著手的瀨島跑過去，一邊想著濱村渚是否能參加明天第一堂的體育課。

被獨自留在原地的上原大和身後，不知情的海潮聲就像是會永遠持續般地不斷作響。

To be continued

※本作登場的關於圓周率歷史，出處來自於「Newton透過數學了解宇宙與自然的不可思議（牛頓特集．2002年）

※本作全為虛構。與現實的一切事件、人物、團體等皆無關係。

濱村渚的計算筆記　後記

午安，我是青柳碧人。正在書店試閱的各位老闆，請至少記住我的名字，至於圓周率只需要記到3.14即可。

東京兩國地區有座名叫回向院的寺廟。最初是蓋來祭祀因為明曆火災往生的靈魂，現在則因為設有俠盜鼠小僧次郎吉的墳墓而廣為人知。在鼠小僧的墳墓後方，其實還設有江戶時代的戲劇作家山東京傳老師的墳墓。在二〇〇八年的賞櫻時節，我曾經在那座墳前雙手合十許下願望，祈求自己能成為作家寫出精彩故事。

本書《濱村渚的計算筆記》大約在那一年後的二〇〇九年七月，做為「講談社Birth」書系的一冊發行，是我的出道作。可見山東京傳老師多麼偉大。

話雖如此，最初寫下本書的動機並非是為了投稿出版社。

當時我讀了一些既有的「靠數學解決問題」類的作品，但都覺得太過艱深。我想讀到真正適合初學者，又對數學充滿熱情，讀完之後甚至能增加數學知識（至少自己覺得有增加）的作品，於是索性自己提筆，寫個讀完之後可以會心一笑的「自得其樂小說」（因此成年人閱讀本書應該也能充分感受到樂趣）。在此情況下，至少對我而言，主角不該是一舉一動都讓人不耐煩的理科高冷男，而是可愛的國中女孩。敵方陣營則是一群因為太過熱愛數學才導致性格扭曲，讓人覺得又愛又恨的恐怖份子。

老實說，濱村渚是真有其人。但並非特定人物，而是所有學習數學時，一度覺得性質很美的世上所有國中生。

本書讓我美夢成真，也成為了文庫本小說。我為此高興不已。

二〇〇九年的夏季，我再次造訪回向院，向和尚說了上述經歷，並供奉（進貢？）本書一本。有了這番經歷，因為「黑色三角板」而喪命的被害者，在我心中都永眠於這座寺廟中。如果各位有機會前往兩國，懇請前往拜訪。

最後請讓我寫下謝詞。

感謝在出道後也積極支援我的講談社編輯部職員們。還有無時無刻給予我各種建議的補習班同仁、學生、畢業生，謝謝各位。在日本各地宣傳本書的早稻田大學問答研究會夥伴們，還有我的老朋友，非常感謝你們。下次請讓我作東吃碗烏龍麵。

然後，最重要的仍是要感謝各位讀者，謝謝各位。因為有各位支持，濱村渚才能在講談社文庫出道。尤其是初次刊載本作的夏季，有位國三女孩在回函寫著「這是我看過最好看的書！」，我必須說光是你的感想就讓我有寫完本書的價值。真心感謝你。祝福你今後還能遇見更多好書。

——最後，我要寫些沉重的內容。

二〇一一年三月十一日下午，當本書決定文庫化，正要著手修訂和最終確認時，我在家中感受到劇烈撼動。那是流傳至今的三一一日本大地震。濱村渚居住的千葉市附近沿海地區石油精煉工廠大火，設立於海埔新生地的住商因為液化現象導致道路四處泥化，狀況非常糟糕。新聞接連多天報導東北地區和茨城災情慘重，據說當天深夜長野縣地震也造成不小損害。連平時少根筋的我，都覺得心痛不已。思索自己能幫上什麼忙，於是決定將本書的部分收益捐獻給災區重建。

但這不過是剎那間的短暫支援。

更重要的是支援眾人內心，以及重新建構起對未來的希望。

希望在不久的未來，讀過本書的少年少女們，盡可能的成為有其專精領域的成年人，然後像渚幫助警方般，他們能本著自己專精領域的大愛，積極協助遭遇困難的人們。

這是在那場大地震中，身處於較為安全地區卻束手無策，一位無力小說家的誠心願望，也是期許能帶來燦爛未來的小小期望。

今後還請各位多多指教。

本書要獻給所有熱愛數學，以及不那麼喜歡數學的人們。

二〇一一年春季　青柳碧人

●本書於二〇〇九年七月自講談社Ｂｉｒｔｈ書系發行

娛樂系 048

濱村渚的計算筆記

作者　青柳碧人
譯者　林依俐
責任編輯　賴逸安
插畫　桐野壱
美術設計　POULENC
書衣裡插畫　chocolate
內文排版　高嫻霖
發行人　林依俐
出版　青空文化有限公司
台北市大安區敦化南路二段105號9樓
讀者服務信箱：service@sky-highpress.com
總經銷　大和書報圖書股份有限公司
電話：02-8990-2588
印刷　前進彩藝有限公司
出版日期　2024年1月　初版一刷
定價　320元
ISBN　978-626-97585-4-8

國家圖書館出版品預行編目(CIP)資料

濱村渚的計算筆記 / 青柳碧人著 ; 林依俐譯 .
-- 初版 . -- 臺北市 : 青空文化 , 2024.1
304 面 ;　10.5 x 14.8 公分 . -- (娛樂系 ; 48)
譯自 : 浜村渚の計算ノート
ISBN 978-626-97585-4-8(平裝)
861.57　　112012922

青空線上回函